SUSANNA D. STARK

BARTOLINI

Diese Geschichte ist dem Maulbeerwald in Subotica gewidmet. Der Name stammt von den Maulbeerbäumen, die hier vor etwa zweihundert Jahren gepflanzt wurden. Der Maulbeerbaum wurde zur industriellen Nutzung angepflanzt, genauer gesagt zur Zucht der Seidenraupe, und entwickelte sich sehr schnell zu einem dichten Wald. Mitte des 19. Jahrhunderts war der Maulbeerwald bereits im städtebaulichen Plan als Stadtpark verzeichnet, und der letzte Maulbeerbaum verschwand irgendwo in den achtziger Jahren des 20. Jahrhunderts. Obwohl die Maulbeerbäume hier nicht von selbst aus dem Boden gewachsen sind, sondern von Menschenhand gepflanzt wurden, möchte ich dennoch auf die Geschwindigkeit des Verschwindens von Pflanzenarten hinweisen, und dieser Wald ist ein sehr gutes Beispiel dafür. Schätzungen zufolge sind bis heute mehr als eine Million Pflanzenarten für immer von unserem Planeten verschwunden, während eine große Anzahl als gefährdet gilt, wenn nicht dringend Schutzmaßnahmen ergriffen werden. Das ist ein ernstes Problem, das unsere Biodiversität und das gesamte Ökosystem gefährdet. Jede Pflanzenart ist ein Glied in der Kette, das eine einzigartige Rolle in der Natur spielt, und ihr Verschwinden hat weitreichende Folgen für die Stabilität und Funktionalität des gesamten Ökosystems. Ihr Verschwinden kann beispielsweise zu Nahrungsmangel führen, da viele Pflanzen Nahrungsquelle für Menschen und Tiere sind. Eine große Anzahl von Pflanzen enthält heilende Substanzen, die die Versorgung und die weitere Entwicklung von Medikamenten beeinflussen können. Pflanzen produzieren Sauerstoff und ermöglichen damit das Leben auf unserem Planeten, regulieren Kohlendioxid und somit das Klima. Das Aussterben von Pflanzen kann auch zu einem Rückgang des Lebensraums bestimmter Tierarten führen. Wälder sind die Lungen, die Energiequelle, der Lebensraum und die Reiniger unseres Planeten. Daher sollten wir sie schützen und nachhaltig mit ihnen umgehen. Vergessen wir nicht das weise indianische Sprichwort: „Schützen wir die Erde und die Natur auf ihr, denn wir haben sie nicht von unseren Vorfahren geerbt, sondern von unseren Nachkommen geliehen.

„Meine lieben Kinder, wer kann mir eine Frage beantworten? Wie viele Jahreszeiten hat ein Jahr?", fragte die Lehrerin Belda und wirbelte mit einem kurzen Holzstock in der Luft.

Die Kinder sprangen auf und hoben die Hände in die Höhe, während die meisten riefen: „Ich weiß es, ich weiß es!"

Die Lehrerin mit den rosigen Wangen schaute alle Kinder an und wählte einen aus, der desinteressiert saß und aus dem Fenster schaute.

„Bo! Bo Bartoli! Antworte mir auf die Frage!", rief sie plötzlich und richtete den Holzstock auf ihn.

Der Junge zuckte überrascht zusammen und stand widerwillig auf. Er starrte nur auf ihre ungewöhnliche Frisur, blieb aber still stehen.

„Wie lange soll ich noch warten? Antworte mir auf die Frage", rief Lehrerin Belda ihn an.

Der Junge blieb verwirrt und errötete leicht, während er beschämt den Kopf senkte.

„Entschuldigung, Lehrerin, ich habe die Frage nicht gehört."

„Hm! Das dachte ich mir schon. Ich fragte, wie viele Jahreszeiten ein Jahr hat?", wiederholte sie laut.

Der Junge hob die Augenbrauen, dachte nach, konnte sich aber irgendwie nicht erinnern, dass er jemals darüber etwas gelesen hatte. Er kratzte sich am Kinn, aus dem ein paar rötliche Härchen wuchsen, und antwortete impulsiv mit dem ersten Gedanken, der ihm in den Sinn kam: „Drei!"

Die Kinder brachen in Gelächter aus und fingen an, ihn zu verspotten.

„Drei? Wie wäre es mit fünf!"

„Ruhe, Kinder, Ruhe im Klassenzimmer!", rief Lehrerin Belda und begann mit der Hand auf den Tisch zu klopfen, um sie zu übertönen.

„Schrecklich, du lernst überhaupt nichts. Bo Bartoli, setz dich, damit ich dir keine Sechs gebe."

Bo ließ sich desinteressiert auf den kleinen Hocker unter ihm sinken und drehte sich wieder zum Fenster, um nach draußen zu schauen. Die Lehrerin wandte sich an die Kinder und rief ein Mädchen, das am meisten mit der Hand gewunken hatte.

„Komm, Benja, du weißt immer alles. Sag es laut, damit die ganze Klasse es hört, besonders Bo. Wie viele Jahreszeiten gibt es?"

Benja, ein dünnes Mädchen mit roten Zöpfen, sprang leicht auf ihre dünnen, krummen Beine in gestreiften Socken und rieb mit der Hand ihre volanartige kurze Röcke.

„Ein Jahr hat zwei Jahreszeiten. Die erste ist die Zeit, in der die Natur erwacht, alles wächst und blüht, und die zweite, wenn die Früchte reifen, die Blätter fallen und alle Pflanzen in den Schlaf sinken", sagte sie mit piepsiger Stimme und verschränkte ein dünnes Bein um das andere.

„So ist es, Benja. Bravo! Setz dich!"

„Hast du gehört, Bo Bartoli, wie viele Jahreszeiten es gibt? Dein Vater ist Gärtner, frag ihn, wenn du es nicht weißt."

Bo zuckte nur mit den Schultern, ohne sich umzudrehen, und blieb weiterhin mit dem Arm am Gesicht abgestützt sitzen.

„Warum nennt sich unser Volk Bartolini? Weiß das jemand von euch?", fragte sie erneut, doch niemand außer Benja hob die Hand.

Sie schaute enttäuscht im Klassenraum umher und versuchte, nicht immer das gleiche Mädchen aufzurufen.

Als sie sah, dass sie keine Wahl hatte, sagte sie: „Sag es, Benja, wenn du es schon weißt."

„Der Name Bartolini stammt von einem antiken Wort, das bäuerlicher Sohn bedeutet. Wir sind ein Feenvolk, das die Natur schützt. Die Männer bauen Gemüse an, insbesondere Kürbisse, und die Frauen machen Knöpfe. Deshalb haben uns unsere Vorfahren so genannt, und die anderen Völker haben uns so akzeptiert und nennen uns überall so. Übrigens sind wir im Gegensatz zu anderen Feenvolk der einzige, der keine Flügel hat", sagte sie, ganz zufrieden, dass niemand außer ihr die Antwort auf die Frage kannte.

„So ist es, Benja. Besser könnte ich mich nicht ausdrücken. Was die Flügel angeht, bist du da nicht ganz im Recht. Nur eine Fee oder ein Elf in unserem Volk kann Flügel bekommen, und das nur aus besonderem Verdienst. Diese Fee oder dieser Elf sind dann dazu bestimmt, das Volk zu führen. Leider ist das seit Hunderten von Jahren nicht mehr passiert. Es ist nicht leicht, diese Ehre zu verdienen. In Ordnung, setz dich!", sagte sie, aber das Mädchen fuhr fort.

„Das wusste ich nicht. Bis jetzt hat noch niemand den Elf erwähnt, der unter uns Flügel hatte."

„Das liegt wahrscheinlich daran, dass es in den letzten dreihundert Jahren keine besonderen Errungenschaften gab. Unser Volk lebt in Frieden und alles läuft gut", antwortete die Lehrerin.

„Außerdem haben wir traditionell alle Namen und Nachnamen mit dem Buchstaben 'B', und so unterscheiden wir uns von allen anderen. Einmal bekam ein Vetter von mir einen Sohn und wollte ihm einen Namen mit einem anderen Buchstaben geben, aber seine Frau hat ihn daran gehindert."

„Ach!", riefen die Kinder und die Lehrerin gleichzeitig aus.

„Das ist schrecklich, unglaublich", sagte Lehrerin Belda verwundert.

„Ja, so war es wirklich, seine Frau sagte, er hätte zu lange in das Glas geschaut, in dem es war…"

„Setz dich, Benja, ich habe es gesagt", versuchte die Lehrerin, sie zu unterbrechen.

Aber das Mädchen redete weiter und ließ sich nicht aufhalten.

„Mein Vetter braut Bier aus Kürbissen, und er war...!"

„Benja!", rief die Lehrerin, „ich habe gesagt, du sollst dich

setzen!", rief die Lehrerin.

Das Mädchen setzte sich, aber sobald sich die Lehrerin

umdrehte, begann sie leise zu den Kindern zu flüstern, die

hinter ihr saßen, um die Geschichte weiterzuerzählen. In

diesem Moment summte die Hummel von der Wand mit

ihrem Hinterleib zum Ende der Stunde.

„Ach, wann kommt endlich die Rente, damit ich mich ein

wenig ausruhen und die Welt nach meinem Willen umfliegen

kann", jammerte die Hummel von oben.

Bo, als ob er aus einem Traum erwachte, sprang wie von der

Tarantel gestochen auf, schnappte sich sein Bündel mit

Büchern und rannte aus dem Klassenzimmer. So langsam und

desinteressiert Bo in der Schule war, so flink und scharfsinnig

war er außerhalb davon. Er zog aus seiner Tasche ein fettiges

Stück Kürbiskuchen und biss kräftig hinein. Während er zwischen den Reihen des Gemüses rannte, hielt er plötzlich bei einem Strauch mit einer grünen Ranke an. An den reifen, aufplatzenden Schoten hingen einige herunter, und der Junge schaute sich um, wo er am besten vorbeikommen könnte.

„Diese verdammten Bohnen!", murmelte er laut, und in seiner Stimme war Anspannung und Angst zu spüren.
Die Schote zuckte, öffnete sich entlang der Naht, und aus ihr schauten sechs Köpfe heraus, jeder mit einem anderen Gesicht. Jeder Kopf sah anders aus, aber sie hatten alle etwas Gemeinsames: sie waren boshaft und furchterregend.

„Du Schlingel!", riefen die Köpfe aus den Bohnen. „Wie wagst du es, uns zu beleidigen?" Die Pflanze richtete sich ihm entgegen, und die Köpfe rissen ihre Kiefer auf und stießen ihn überall an den Beinen, wo sie ihn erreichten.
Bo ergriff die Flucht über den sandigen Weg, und die schleichenden Pflanzen folgten ihm noch einige Schritte, bis er in eine andere Reihe entkommen konnte.

Gerade als er atemlos und staubig vor seinem Häuschen ankam, stieß er fast mit dem Dorfpostboten zusammen. Dieser trat in den dichten, klebrigen Schleim, den der Postbote hinterlassen hatte.

„Guten Tag, Onkel Bero, gibt es neue Post?", fragte der Junge höflich den Postboten.

Der Postbote ging mit kriechenden Schritten zur Tür und sagte dort: „Ach nein! Diesmal kommt eine große Bestellung!" Er zog aus seiner großen Tasche ein Paket mit einem Baby heraus.

Bo stand überrascht da und hob beide Hände: „Darüber weiß ich nichts, das müssen Sie mit meiner Mama besprechen", antwortete der überraschte Junge.

„Mama, der Postbote ist da!", rief er, während er seinen Kopf in Richtung des großen Kürbisses drehte, der mit kleinen Kiefernblättern bedeckt war.

Die Tür öffnete sich und eine Frau mit langen roten Haaren, geschmückt mit Schmuck aus Gras und Beeren, erschien. Um ihre spitzen Ohren funkelte eine Federdekoration in Form von Schmetterlingsflügeln.

„Bo! Wie siehst du nur aus, ganz dreckig und zerfetzt. Hast du dich schon wieder geprügelt?", fragte sie ihn, verärgert.

Sie packte ihn am Arm und zog ihn grob in die Hütte. Gerade als sie die Tür schließen wollte, sprach der Postbote:

„Frau, warten Sie, Sie haben ein Baby bekommen! Bitte nehmen Sie das Paket entgegen", bat der Postbote.

Die Frau ließ die Tür einen Spalt offen und lugte mit einem

Auge hinaus. Als sie das kleine Baby sah, das in einem grünen Blatt gewickelt war, öffnete sie die Tür und sagte: „Bero, das muss ein Missverständnis sein, ich habe nichts bestellt. Sie müssen die falsche Adresse haben", sagte sie, ohne die Augen von dem Neugeborenen abzuwenden.

Bo betrachtete die überraschte Frau und dann abwechselnd das Baby.

„Pfff… Sie sagt mir, ich mache alles heimlich, und sie bestellt Kinder, ohne dass jemand etwas davon weiß", murmelte Bo vor sich hin.

Bella hörte ihn jedoch und stieß ihn mit dem Ellenbogen in die Rippen, um ihn zum Schweigen zu bringen.

„Könnten Sie das Paket wenigstens bis morgen annehmen, bis wir klären, wer es bestellt hat? Meine Schicht ist vorbei, und das Baby wird hungrig, bis ich nach Hause komme."

Bella Bartoli sah unschlüssig aus und wusste nicht, was sie tun sollte. Als sie den alten Postboten sah, der sich eine Ewigkeit hinzog, wurde ihr das Kind leid, und schließlich nahm sie es doch entgegen: „Gut, aber nur bis morgen. Vergessen Sie nicht, das Paket abzuholen, jemand erwartet es sicherlich sehnsüchtig", antwortete sie und nahm das Baby, dann knallte sie die Tür zu.

Das Innere der Hütte war geräumig, obwohl es von außen nicht so schien.

„Beno!", rief sie ihren Mann. „Komm, schau, wen wir zu Besuch haben."

„Ich komme, Bella, ich muss nur noch die Samen an ihren Platz bringen", antwortete der bärtige Bartoli und fuhr fort, die Samen in kleine durchsichtige Gläser zu sortieren.

Nichts war Beno so wichtig wie die vollständige Kontrolle über seine Sammlung von Kürbiskernen. Und das war kein Wunder, das war schließlich seine Lebensaufgabe. Er war Gärtner, der seit mindestens der zehnten Generation Kürbisse anbaute. Damit kann sich nicht jeder rühmen. Sogar der prahlende Nachbar Beppo, der von der Mutter aller Bartolis eine goldene Uhr für seinen Hut als Auszeichnung für besondere Leistungen erhalten hatte.

„Ha! Er und besondere Leistungen! Ich wüsste zu gern, was dieser so besonders erreicht hat", murmelte Beno neidisch vor sich hin.

„Ich bin es, der Tag und Nacht arbeitet und müht, um sicherzustellen, dass alle etwas davon haben."

Als er das Weinen des Babys hörte, hielt Beno für einen Moment ungläubig inne. Sein Monokel fiel ihm von der Nase, aber er setzte es sofort wieder auf und fuhr mit größter Ruhe und Aufmerksamkeit fort, die Gläser auf die Regale zu stellen. Als das Baby wieder zu schreien begann, trat er mit einem überraschten Gesichtsausdruck in das Wohnzimmer. Er versuchte, den grünen Frack um die Taille zu ziehen, aber der große schwarze Knopf blieb offen, weil sein dicker runder Bauch ihn daran hinderte. Die breiten grünen Hosen bis zu den Knien fielen in Falten, und darunter trug er grün-weiß gestreifte Strumpfhosen. Er erwischte seine Frau Bella, wie sie das neugeborene Kind in den Armen wiegte.

Sie hob ihr lächelndes Gesicht von dem Kind und rief ihn zum Essen: „Komm, wasch dir die Hände, damit wir alle zusammen essen können. Heute Abend müssen wir uns etwas gedulden. Postbote Bero hat die Zettelchen wieder durcheinandergebracht und weiß nicht mehr, wem welches Paket gehört."

Beno stand weiterhin mit weit aufgerissenen Augen da, die Hände voller Gläser, und rieb sich die Hände an der grünen Weste unter dem Frack: „Bist du dir sicher, dass du nichts Ähnliches bestellt hast?", fragte er seine Frau ungläubig, aus Angst, dass sie auch etwas aus dem Grünen Buch bestellt hatte.

„Natürlich bin ich mir sicher. Wenn ich den Wunsch hätte, so etwas zu bestellen, würde ich dich auf jeden Fall informieren.

Und jetzt komm, mach dich bereit zum Essen. Bo hat Hunger!"

Er drehte den Kopf ungläubig und ging: „Nun, wenn du das sagst."

Während er die letzten Gläser sortierte, gingen ihm die Gedanken durch den Kopf, dass Bella nie auf einem dritten Kind bestanden hatte, obwohl fast alle Bartolins drei oder mehr Kinder hatten. Wer weiß, vielleicht ist das nur eine weibliche Taktik, ihn an den Gedanken zu gewöhnen.

Er beendete seine Arbeit, wusch sich die Hände und machte sich auf den Weg zum großen runden Tisch. Der Tisch war ein großer hölzerner Pilz in Braun-Weiß, ideal für Familienversammlungen und Mahlzeiten. Bo rannte zu seinem Platz und setzte sich, gefolgt von einem langbeinigen, schlanken Mädchen mit zerzaustem, feuerrotem Haar. Bella füllte die runden Holzteller, die ursprünglich als Knöpfe gedacht waren, aber aufgrund der schlechten Qualität ohne Löcher blieben und sich daher hervorragend für ihre neue Geschirrkollektion eigneten. Sie schöpfte mit einem großen Löffel Kürbissauce und goss den Kindern Saft aus Kürbisblüten ein, während Beno Brandy aus überreifen Kirschen und Kürbissen bekam.

„Bo, das sind schon die dritten Hosen in ein paar Tagen, die völlig zerfetzt sind. Hast du etwa Flöhe, die dich gebissen haben? Was hast du wieder angestellt?", fragte Bella, während sie ihm einen Teller mit Essen reichte.

„Diesmal haben mich die Fisolen eingeholt und mich gebissen. Ich habe mich nur knapp mit heiler Haut vor ihnen gerettet.", antwortete der dünne, muskulöse Junge.

„Fisolen!", riefen die Eltern im Chor.

„Bo, du bist nicht mehr klein! Du weißt genau, dass du dich nicht mit den Fisolen anlegen darfst. Das sind wütende und verbitterte Wesen.", tadelte ihn die Mutter.

„Du wärst genauso, wenn deine Brüder und Schwestern dir ständig im Nacken säßen und du keinen Schritt aus der Schote machen könntest. Jeder hat seinen eigenen Kopf und seinen eigenen Verstand, aber sie sind aneinander gebunden. So sind alle Pflanzen aus der Familie Metamorphosis. Von denen, je weiter, desto besser. Warum pflanzen die Leute die überhaupt an, kann ich nicht verstehen? Angeblich haben sie einen guten Geschmack. Kann sich jemand von euch vorstellen, wie Erbsen auf dem Tisch aussehen?"

Alle schauten sich gleichzeitig an und brachen in schallendes Gelächter aus.

„Stellt euch vor, die Erbsen hüpfen über den Teller, diese verrückten Kreaturen. Und dann muss man versuchen, sie zu beißen, und sie drehen sich plötzlich um und beißen dich in die Nase", sagte Beno lachend und mit Tränen in den Augen. Bellas Bauch zitterte vor Lachen, während sie ihrer Tochter Bibbi einen vollen Teller reichte.

„Stellt euch vor, ich habe neulich von der Nachbarin gehört, dass die Stults auch Geschichten für kleine Kinder haben. In dieser Geschichte lebte angeblich eine Prinzessin, die so fein war, dass sie eine Erbse unter zehn Matratzen spürte. Ich würde es nicht wagen, mit einer Erbse unter mir einzuschlafen. Stellt euch vor, gerade schläft die Prinzessin ein, und die Erbse durchbohrt alle Matratzen und beißt sie in den königlichen Hintern."

Beno lachte so sehr, dass er aus Versehen Kürbisbrandy auf seine Hosen und gestreifte Socken schüttete.

„Ich kann mir vorstellen, wie sie durch das Schloss rennt, mit einer Erbse an ihrem Kleid, und schreit", sagte er und zeigte mit den Händen, wie die Erbsen kauen.

„Kein Wunder, dass unsere Vorfahren sie Stults genannt haben, sie sind wirklich Dummköpfe. Sie nennen sich selbst Menschen, aber ich denke, unser Name für sie ist besser. Dummköpfe!", antwortete der Vater lachend.

„Mama, was machst du mit dem Baby, wenn sich niemand meldet?", fragte Bibbi und zeigte auf das kleine Baby, das friedlich eingeschlafen war, während es den letzten Saft von Pollen aus der kleinen Flasche saugte.

Bella warf einen Blick auf das Neugeborene und seufzte: „So ein süßes Geschöpf hat sicher sein Zuhause. Derjenige, der es bestellt hat, wird sich schon melden", antwortete ihre Mutter. „Erinnerst du dich, als Bo überzeugt war, dass Babys aus dem Kohl geboren werden?", fragte Bibbi.

„Ha! Erinner mich da bloß nicht daran. Er hat den ganzen Kohl zertrümmert, alle Blätter auseinandergerissen und im Garten verstreut. Angeblich hat er nach seinem kleinen Bruder gesucht. Und diese Dummheit kommt natürlich von Stults. Ist es nicht so, mein Sohn? So ist es, wenn wir uns bei ihnen einschleichen und ihren hohlen Geschichten lauschen", sagte Beno und beugte sich neugierig über den Tisch, um seinem Sohn in die Augen zu sehen.

„Ich habe von ihnen auch andere Dummheiten gehört, dass die Störche die Babys bringen und so weiter. Stellt euch einen Vogel vor, der ein Baby bringt. Wie oft würde er es unterwegs fallen lassen? Unser Postbote ist eine Schnecke und braucht eine Ewigkeit, um von Nachbarhaus zu Nachbarhaus zu kriechen, also passiert mit den Babys eine Menge, und das sollte kein Vogel machen. Jeder und der kleinste Bartolin weiß, dass Babys aus den Tauperlen auf den Blättern des

Baumes der Mutter Natur geboren werden, wenn die Dämmerung aufbricht und die Regenbogenstrahlen sich im Tau spiegeln. Sie hat uns allen das Leben gegeben, und für alles, was auf dieser Welt existiert, sind wir ihr dankbar. Deshalb zeigen wir ihr Respekt und kümmern uns um ihre Kreaturen, denn alles, was sie erschaffen hat, sind ihre Kinder. Und was die Babys angeht, ist es ganz einfach. Du füllst den Antrag aus, schickst ihn ab, er wird in das Grüne Buch eingetragen, und das Baby ist in ein paar Tagen da. So läuft das, und nicht mit irgendwelchen Dummheiten aus den Stultsschen Geschichten für kleine Kinder", sagte der Vater mit lauter Stimme.

„Bo! Was gibt's Neues in der Schule? Du hast schon eine Weile nichts erwähnt", fragte ihn die Mutter, während sie aus einem kleinen Krug Kürbisbier schlürfte. Sie stand auf, um die Soße umzurühren, damit sie nicht im kleinen Kessel, den sie zufällig im Garten gefunden hatte, anbrennt.

Bo zuckte nur mit den Schultern und antwortete nicht. Bella seufzte und sagte zu ihm: „Lerne, mein Sohn. Die Schule ist wichtig für jeden guten Bartolin. Ohne sie wirst du nichts erreichen. Wie willst du eines Tages den Beruf deines Vaters weiterführen, wenn du kein Grundwissen hast?" fragte sie besorgt.

„Darauf habe ich gar keine Lust. Seine Kürbisse interessieren mich nicht.", antwortete der rothaarige Junge frech.

Der Vater schlug mit der Hand auf den Tisch, und sein Getränk hüpfte aus dem Krug, und er schrie ihn an: „Wie kann dich das nicht interessieren! Das hat schon mein Großvater gemacht und sein Großvater und sein Großvater und…"

„Ich weiß, auch sein Großvater und so Millionen von Generationen zurück", fuchtelte Bo mit seinem dichten roten Haar.

„Was für eine Dreistigkeit!", regte sich der Vater auf. „Was willst du denn tun? Dich interessiert sowieso nichts. Das ist nicht nur Gartenbau. Fast alle Bartolinis sind Gärtner oder Hüter der Natur. Fast alle pflanzen Kürbisse. Willst du vielleicht mit deiner Mutter Knöpfe machen?", fragte er nur, um etwas zu sagen.

Bella hob die Augenbrauen in Verwunderung, und Bibbi begann zu lachen, als sie sich den Jungen vorstellte, wie er mit den anderen Frauen Knöpfe macht.

„Das ist auch ein guter Beruf. Es fehlt ihm an nichts. Solange es Stults gibt, wird es auch diesen Beruf geben. Wer macht ihnen die Knöpfe, wenn nicht wir? Sie denken, sie stellen sie selbst her, und wissen nicht, dass wir die feine Verarbeitung machen, wenn sie die Knöpfe beiseite legen. Ihre Knöpfe sind grob und schlecht verarbeitet. Sie haben nicht die Feinheit und die präzisen Hände wie wir. Ach, einmal würde ich so gerne sechs silberne Knöpfe für den festlichen Tisch haben", antwortete Bella mit Sehnsucht in der Stimme.

„Ich weiß noch nicht, was ich will! Und ich weiß nicht, was ihr alle von mir wollt? Muss ich mich schon jetzt entscheiden? Warum lasst ihr mich nicht einfach in Ruhe?", fragte der Junge wild und stand vom Tisch auf, um den Raum zu verlassen.

Beno seufzte und drehte nervös den Kürbis auf dem Teller: „Sieh mal, ich bemühe mich, meinem Kind etwas zu bieten, und es weiß nicht einmal, wie man das schätzt. Bo lebt in seinen eigenen Wolken, und ich habe Angst, wenn er von ihnen fällt, wird es ihn hart treffen."

„Lass das Kind! Wir waren auch jung und wussten nicht immer, was wir wollten", versuchte Bella, ihn zu beruhigen.

„Ach meine Liebe! Vielleicht du, ich wusste als ganz kleiner Junge genau, dass ich mit Kürbissen arbeiten wollte und nichts anderes", antwortete er überzeugend.

Sie stellte sich Beno als kleines Baby mit einem Schnuller im Mund vor, wie es Kürbissamen sortiert, und lächelte in sich hinein.

„Vielleicht ist Bo schlauer als du!", entglitt Bella die Zunge, aber sie bereute sofort, als sie es aussprach.

Beno sah sie mit einem schockierten Blick an und stand so plötzlich vom Tisch auf, dass der Pilz unter ihm noch eine Weile vibrierte.

„Na, fantastisch! Ich gehe besser zurück in meine Werkstatt. Die fleißigen Elfen werden hier anscheinend nicht geschätzt", sagte er und ging gedämpft davon.

Das Baby begann zu weinen, und Bella stand auf, um es in ihre Arme zu nehmen. Bibbi gesellte sich zu ihr und beugte sich lächelnd über das kleine Wesen. Bella fühlte sich außergewöhnlich gut und stellte fest, dass sie sich schon lange nicht mehr so gefühlt hatte. Sie fühlte sich plötzlich gebraucht und wichtig und erinnerte sich an etwas.

Sobald es dunkel wurde, schlich Bo leise durch das Fenster nach draußen. Direkt hinter seiner Schulter flatterte sein Haustier Biggi, die kleine Libelle. Er folgte ihm überall hin, wohin Bo ging. Selbst jeden Morgen begleitete er ihn zur Schule und kehrte dann alleine durch die Gemüse- und Obstgärten zurück. Der Junge war kaum hinter den Strauch geschlüpft, als ihn ein durchdringendes Pfeifen stoppte. Drei wild aussehende, rotmähnige Jungs sprangen aus dem Gebüsch und rannten ihm entgegen. Sie trugen Sandalen aus Blättern und Kleider aus weichem Hirschleder. Stundenlang verbrachten sie am Teich im Garten und wetteiferten darum, wessen Stein mehrmals die Wasseroberfläche treffen würde. Jedes Mal quakten die Frösche erschreckt, wenn ein Stein über ihren Köpfen vorbeischoss. Während sie dort waren, war es besser, sich unter den Seerosenblättern zu verstecken. Mit diesen Elfen ist nicht zu spaßen. Bo hatte sich von ihnen abseits gesetzt und auf einem Holzgestell auf der riesigen Kirsche Platz genommen. Er hatte das Gestell letzten Sommer gebaut, um einen guten Aussichtspunkt zu haben. Von dort konnte er viel weiter als den Garten sehen, in dem sie lebten, und beobachten, was die Stults taten. Er wusste nicht warum, aber eine glühende Sehnsucht zog ihn, herauszufinden, was jenseits ihres Gartens, von der Welt bis zum Horizont, den er kannte, lag. Dort musste es auch etwas geben? Etwas Aufregendes, Abenteuerliches und Unwiderstehliches! Besonders interessant fand er Luka, einen Jungen in etwa seinem Alter, nur dass dieser kein Elf wie er war, sondern zu den Stults gehörte, oder wie sie sich selbst nennen, den Menschen. Für einen Stults erschien ihm Luka ziemlich interessant. Auch er hatte eine Art Beobachtungsplatz in seinem Garten, den die Stults „Baumhaus" nennen. Und er liebte es auch manchmal, alleine draußen Zeit zu verbringen und die Sterne, die Ferne und die Dämmerung in der Sandwüste zu beobachten. Bo rannte schnell den Baumstamm hinunter und kletterte vorsichtig entlang der Regenrinne zum Fenster, damit der Junge ihn nicht bemerkte, obwohl er extrem klein war, nicht größer als der Nagel eines kleinen Fingers eines unreifen Stults. Das Einzige, was ihn verraten konnte, war sein riesiges, dichtes rotes Haar, wild und voller Locken und Strähnen. Der Junge saß vor einem riesigen Bild oder besser gesagt, einer Kiste, in der sich Menschen und verschiedene Geräte bewegten.

Bo blieb fasziniert stehen, denn er hatte noch nie etwas Ähnliches gesehen. Bisher hatte er sich nicht einmal getraut, so nah an das Haus eines Stults heranzukommen.

„Luka, genug mit dem Fernsehen, komm zum Abendessen, das Essen steht auf dem Tisch!", rief eine Frauenstimme aus einem anderen Raum.

„In Ordnung Mama, ich komme gleich, nur dass die Sendung zu Ende geht. Es gibt eine Sendung über Jacques Cousteau.", sagte er und blieb weiter sitzen, während auf dem Bildschirm das türkisfarbene Meer und ein weißes Segelboot mit zwanzig gespannten Segeln erschienen. Der Meereswind blies auf und das Schiff segelte mit vollen Segeln über das blaue Wasser.

Bo war fasziniert und verzaubert von diesem Anblick. Er hatte noch nie etwas so Schönes gesehen! So berauschend und fesselnd! Mit offenem Mund starrte er auf das Bild, bis er unabsichtlich mit dem Kopf gegen die Fensterscheibe schlug.

Luka hörte ein Klopfen gegen das Glas und sprang von der Couch auf, als er etwas Rotes am Fenster sah. Bo wich zurück und presste seinen Rücken gegen die Wand, die Arme und Beine weit ausgebreitet. Sein Haar stand in alle Richtungen ab, wie rote Federn.

„Wie dumm von mir, ich habe es völlig vergessen, dass die Stults ein Glas im Fenster haben. Wenn er mich gesehen hätte, hätte mein Vater mir das nie verziehen", dachte er, während er mit dem Augenwinkel zum Fenster spähte.

Bo sah keinen Schatten am Fenster und konnte nicht anders, als noch einen Blick auf das weiße Boot im blauen Meer zu werfen. Er lugte ins Innere des Zimmers und sah, dass es leer war. Sein Gesicht erhellte sich, als er einen Matrosen in weißen Hosen und einem blau-weißen Matrosenhemd entdeckte. Er stellte sich bereits vor, wie er oben auf der Aussichtsplattform steht und in die Weite schaut, während der Meereswind in die Segel schlägt.

Während er so träumte, summte Biggi mit seinen Flügelchen an derselben Stelle über seiner Schulter, direkt neben seinem Ohr. Und dann, im nächsten Moment, verdunkelte ein dunkler Schatten das Fenster und schnitt ihm den Blick auf diese wunderschöne Szene ab. Luka stellte sich zwischen ihn und das Bild im Fernsehen, und Bo blieb überrascht und perplex stehen.

Beide schrien vor Angst, und Bo verlor das Gleichgewicht und rollte den Regenrinnen und der sich um ihn wickelnden Ranke hinunter. Er schaffte es gerade noch, sich an den kräftigen Ranken der üppigen Pflanze festzuhalten, und rutschte mit blitzschneller Geschwindigkeit die Ranke hinunter auf die betonierte Terrasse.

Luka griff nach einem Fliegenfänger unter dem Tisch und rief: „Mama, ich komme gleich, ich habe einen hässlichen roten Käfer gesehen, ich gehe ihn schnappen!"

Bo hatte nicht einmal Zeit, sich wieder aufzurichten, als ihn schon die Schläge des Fliegenfängers trafen. Haarscharf konnte er jedem Schlag entkommen und rannte mit seinen schnellen Beinen in die Büsche.

„Biggi, sei ruhig, siehst du nicht, dass dieser Stult hinter uns her ist", flüsterte er hinter einem knorrigen Zweig des Fliederbaums und legte einen Finger auf den Mund. Sie blieben so versteckt in den rosa Blüten des Fliederbaums sitzen und warteten darauf, dass der Junge sich entfernte, als Biggi plötzlich von Pollen, die in den Blüten schwebten, niesen musste.

„Hatschi!", nies Biggi.

„Schhh! Ich habe dir gesagt, du sollst ruhig sein!", rief Bo mit gedämpfter Stimme und konnte ihn nicht weiter ausschimpfen, da er selbst anfing zu niesen.

Dem Jungen kam es so vor, als hätte er etwas gehört, aber vergeblich, er konnte den roten Käfer, der am Fenster saß, nirgendwo sehen. Wie auch, bei all den Büschen, dem hohen Gras und den vielen frisch sprießenden Blättern. Luka suchte noch eine Weile im Gebüsch. Er war sich sicher, dass der Käfer ein menschliches Gesicht hatte, und wollte ihn um jeden Preis finden. Am nächsten Tag würde er ihn mit zur Schule nehmen, um ihn seinen Freunden zu zeigen. So würde ihm niemand glauben, ohne dass er ihn persönlich mitbrachte. Alle würden ihn nur auslachen. Es war schon lange dunkel, und der Junge merkte, dass die ganze Suche vergebens war, also gab er die Suche auf. Luka schaltete seine Taschenlampe aus und ging zurück ins Haus, sich ständig umschauend.

Bo atmete auf, und Biggi auch. Er wischte sich den Schweiß von der Stirn, rutschte die Stange der Margerite hinunter und rannte schnell zurück zu seinem Haus. Durch das Fenster konnte er schon das schwache Licht sehen, das von den Glühwürmchen in kleinen Glasbehältern kam, die ihm nachts als Beleuchtung dienten. Er fiel auf sein rundes Bett aus einer Kürbisfüllung mit weichem Moos, die Arme unter dem Kopf verschränkt, und begann, von fernen Weiten und blauen Meeren zu träumen. Zum ersten Mal schien es ihm, als wüsste er, was er will und wo er sein möchte. Bo war ein geborener Seemann!

Am Morgen stand Bo zum ersten Mal von selbst auf, ohne dass ihn jemand geweckt hatte. Ganz fröhlich und gesangsvoll setzte er sich an den Tisch, wo die anderen bereits mit dem Frühstück begonnen hatten. Er schnitt sich ein paar dicke Pfannkuchen, von denen der Ahornsirup herunterlief, und bei guter Laune biss er in den süßen Teig.

„Jemand ist heute fleißig und gut gelaunt", sagte Bella erfreut, dass sie ihren Sohn endlich gut gelaunt sah.

Natürlich war ihr nicht entgangen, dass Bo bis spät in die Nacht durch die Gassen und Gärten gestreift war, aber sie sagte nichts, um nicht den Sturm an Kommentaren ihres ohnehin skeptischen Mannes auszulösen.

„Hast du einen besonderen Grund für deine gute Laune?", fragte ihn der Vater misstrauisch.

Bo stoppte, und auf einer Seite seiner Wange klebte ein großes Stück Pfannkuchen.

„Ja, Papa! Jetzt weiß ich, was ich werden will. Du musst dir keine Sorgen mehr machen und allen sagen, dass ich der einzige Bartoli auf dieser Welt bin, der nicht weiß, was aus ihm wird. Ich habe verstanden, was für mich richtig ist und was mich glücklich macht."

„Aha!", sagte Beno Bartoli und hielt beim Frühstück sichtbar überrascht inne.

Er fuhr mit seinen dicken Fingern durch seinen dichten roten Bart und fragte: „Und was hast du dir überlegt? Das interessiert mich sehr!"

„Ich werde Seemann! Ich werde über die weiten Meere segeln, unter weißen Segeln auf schäumendem Wasser", sagte Bo mutig, und in seinen Augen funkelte eine seltsame Flamme.

„Seemann! Du! Mein Sohn, Seemann?", wiederholte Beno, und sein Monokel fiel ihm aus dem Auge, während er sprach.

„Oh je, mir ist es schlecht. Wo zur Hölle hast du dir ausgedacht, Seemann zu werden? Siehst du hier irgendwo ein Meer, du Stult? Das Pannonische Meer wird nicht zurückkommen. Wo willst du segeln? Hier durch die Sanddünen? Das ist ungeheuerlich! Ich bin der Sohn, der Enkel, der Urenkel des Kürbiszüchters, und mein Sohn will ans Meer. Wer wird dann meine Geschäfte übernehmen? Wer wird sich um den Garten kümmern, um die Natur? Wer wird mein Wissen an die nächsten Generationen weitergeben? Der Schutz der Natur ist der erste und grundlegende Beruf der Elfen. Wir Männer kümmern uns um die Natur, vor allem um die Kürbisse, und die Frauen machen Knöpfe. Das geht schon seit Jahrhunderten so, und jetzt muss ich der ganzen Bartolinien erklären, dass mein Sohn", und er hielt inne und schniefte, „dass es meinen Sohn überhaupt nicht interessiert. „Ich muss ihnen sagen, dass ihn das salzige Wasser und die salzige Luft interessieren, von denen die Kürbisse verderben. Unmöglich! Bella, mein Schatz, mir geht es nicht so gut.", sagte er und sah seine Frau mit einem mitleidigen Blick an. Bella trat über ihn und begann mit energischen Bewegungen, ihn mit einem Küchentuch abzukühlen. Bibbi brachte einen gefrorenen Würfel Kürbisgelee und legte ihn ihm auf die Stirn, um ihn zu erfrischen.

Beno sprang auf den Hocker und fragte: „Woher kommt diese Idee? Wie bist du auf so einen Quatsch gekommen? Woher weißt du, wie das Meer und Schiffe aussehen? So etwas habt ihr in der Schule bestimmt nicht gelernt!", drängte der Vater auf ihn.

Bo rollte seine Augen und antwortete ehrlich: „Das habe ich bei Luka gesehen ..."

Bella stieß ihn mit dem Ellbogen in die Rippen, um ihn zum Schweigen zu bringen. Es fehlte nur noch, dass der Vater wusste, dass er sich mit einem Stult eingelassen hatte und riskierte, dass alle Bartolis enttarnt würden.

„Warum ist ihr Sohn so ... so kompliziert?", dachte sie und seufzte.

„Von welchem Lauch sprichst du?", fragte Beno, da er nicht verstand, worüber dieser redete.

„Das Kind ist nur am Lauch vorbeigegangen und hat sich daran erinnert. Lass ihn, er ist noch jung und unreif.", entgegnete Bella und schwenkte energisch das Tuch.

„Hat ihm der Lauch etwa in den Kopf gestiegen, als ihm solche Gedanken in den Kopf kamen? Ich verstehe das nicht.", beklagte sich der Vater.", klagte der Vater.

Die Mutter machte mit dem Kopf ein Zeichen an den Jungen, dass er zur Schule gehen und sich aus dieser unangenehmen Situation befreien sollte, und er sprang sofort auf.

Eilig schnappte er sich die mit einem Band gebundenen Bücher und schlüpfte unauffällig nach draußen. Er war glücklich, dass er sich mit Mamas Hilfe so leicht befreit hatte. Aber beim nächsten Mal wird er klüger sein. Bo hatte nicht einmal die Schwelle des Hauses überschritten, als die Glöckchen des Maiglöckchens an der Tür läuteten. Bibbi rannte zur Tür und öffnete sie: „Mama, der Postbote Bero ist

hier!", rief sie, während Bella mit dem Baby im Arm an der
Tür erschien.

„Nun, Bero, haben Sie die Eltern dieses Kindes gefunden?",
fragte sie mit einer hochgezogenen Augenbraue.

„Ja! Das Erste, was ich heute Morgen gemacht habe, war,
mich nach den Absendern der Pakete zu erkundigen. Und das
ist unter der Nummer 125. Entschuldigen Sie, gnädige Frau,
die Unannehmlichkeiten. Die Post wird Ihnen alle Kosten
und Unannehmlichkeiten erstatten."

„Hm, wem hat die Post sich noch etwas zurückgegeben?", rief
Beno, der ebenfalls an der Tür erschien. „Die Post muss
bankrott gegangen sein, nachdem sie Schnecken als Postboten
eingestellt hat, und jetzt verspätet sie sich bis zum
Gehtnichtmehr."

„Seien Sie nicht so, Herr Beno!", sagte der Postbote mit
langsamer Stimme.

„Wir bemühen uns nach Kräften, so gut wir können",
versuchte Bero ihn zu besänftigen.

„Ha, wirklich nach Kräften! Sie haben mir meinen ganzen
Garten ruiniert. Ich habe mir gestern fast das Bein gebrochen,
als ich zur Tür kam. Ihr seid wirklich schnell, das ich nicht
lache. Natura hätte Amseln oder andere wendige Vögel

einsetzen sollen, dann wäre die Post im Handumdrehen angekommen. Aber so!"

„Eh, sagen Sie nicht so etwas! Warum ausgerechnet die Amseln? Sie sind unsere größten Feinde. Die Hälfte meiner Verwandtschaft wurde gerade von den Amseln gefressen!", beklagte sich der Postbote, während er seine Postmütze in der Hand knetete.

„Eben das ist es, was Sie verdienen. Von Ihrer Schnelligkeit habe ich nur Schwierigkeiten. Das letzte Mal bekam ich eine Mitteilung, dass mein Onkel gestorben sei. Ich ging zur Beerdigung, und mein Onkel war schon vor zwei Wochen gestorben. Meine Frau bekam die Einladung, nach einem Monat zu einem Geburtstag eines Verwandten zu kommen. Wir standen dort wie zwei Stulte. Die Leute hatten längst vergessen, dass sie eine Feier hatten, und wir kamen aufgetakelt mit Geschenken. Und stattdessen wurden wir mit Kürbisbier und Pollen-Sirup bewirtet, weil das andere schon längst gegessen war. Als ob wir das nicht auch zu Hause hätten. Alles wegen Ihrer Expresspost! Sie schämen sich nicht einmal, sich Expresspost zu nennen", ließ Beno seinen ganzen Zorn am Postboten aus und schlug ihm die Tür vor der Nase zu.

„Mach dir nichts draus, Bero, ärgere dich nicht. Die erste

Regel der Post ist, dass die Kunden immer unzufrieden sind und man ihnen nie gerecht werden kann. Aber du hast deine Aufgabe erfüllt, sobald du den Brief oder das Paket in die richtigen Hände übergeben hast. Es spielt keine Rolle, wann. Der richtige Elf freut sich immer über die Sendung, wann auch immer sie ankommt. Ein richtiger Postbote kommt immer pünktlich an, das ist die goldene Regel. Und Bero hält sich an ALLE Regeln!", rief er zurück durch die geschlossene Tür und kroch langsam davon, während er eine klebrige, schleimige Spur hinter sich ließ.

In der Schule versteckte sich Bo in der letzten Reihe und beobachtete die üppige Natur, während er den Vögeln lauschte. Die Worte seiner Lehrerin erreichten ihn nicht, er hörte nichts und es interessierte ihn auch nichts. Draußen am Fenster hörte er ein bekanntes Summen. Biggi flatterte mit seinen Flügelchen direkt vor seinem Gesicht. Bo versuchte, ihm unauffällig mit den Händen zu zeigen, dass es nach Hause fliegen sollte, aber Biggi flog weiterhin an der gleichen Stelle vor dem Fenster.

Lehrerin Belda bemerkte, dass der Junge wie am Tag zuvor desinteressiert im Unterricht saß, und rief ihn an: „Bo! Bo Bartoli!"

Der Junge sprang auf, als er seinen Namen hörte, und starrte sie an, ohne zu wissen, was er sagen sollte. Biggi versteckte sich schnell hinter einem Busch, hielt sich jedoch in der Nähe der Schule auf, in der Hoffnung, dass Bo unbemerkt nach draußen schlüpfen würde.

„Entschuldige, wenn ich dich auf deiner Elfenwolke störe, aber wenn es kein Geheimnis ist, sag uns, ob du entschieden hast, was du tun willst, wenn du die Schule beendet hast? Möchtest du den Beruf deines Vaters fortsetzen oder würdest du lieber etwas anderes machen?", fragte sie ihn, ohne eine besondere Antwort von ihm zu erwarten. Sie war bereits daran gewöhnt, dass Bo zu allem keine Meinung hatte und dass ihn nichts interessierte.

„Ja, ich habe mich entschieden!", rief der Junge mit einem besonderen Eifer in der Stimme und einem Glanz in den Augen.

Ein Ausruf des Erstaunens hallte durch das Klassenzimmer, und alle Köpfe drehten sich zu ihm. Seit langem hatte ihn niemand gehört, und es war ihnen seltsam, dass er sich überhaupt äußerte. Und dass Bo endlich wusste, was er wollte, war ein Weltwunder.

„Gestern habe ich mich entschieden, und ich bin mir ganz sicher. Ich möchte geschickt und mutig sein, in der Sonne und im Wind, bei gutem Wetter und während eines Sturms, über große Wellen segeln."

Die Kinder fingen an, sich zu tuscheln. „Wie meint er das, geschickt und mutig? Sein Vater ist den ganzen Tag im Wind und in der Sonne, aber für den Anbau von Kürbissen braucht man dafür keine besondere Geschicklichkeit oder Mut. Jeder andere Bartoli ist Kürbiszüchter, und keiner von ihnen ist ein Held deswegen. Und wo dachte er, dass er segeln könnte und womit? In der Pannonischen Tiefebene gibt es seit langem kein Meer oder tiefes Wasser mehr. Worüber redet er da?", fragten sich die Kinder untereinander.

Die Lehrerin beobachtete ihn, und die geflochtenen Zöpfe standen von ihrem Kopf ab. Sie verzog noch mehr ihre spitze Augenbraue: „Kannst du uns vielleicht ein bisschen besser erklären, wovon du sprichst?"

„Natürlich, ich werde ein neuer Jacques Cousteau sein! Ich werde auf Segelschiffen über die weiten Meere segeln, auf dem Deck schlafen und den Horizont auf offener See beobachten."

„Jacques wer?", riefen die Kinder, und im Klassenzimmer entstand ein Lärm.

Die Lehrerin rief und schlug sich schockiert die Hand vor den Mund. Obwohl die Kinder nicht wussten, wer dieser Jacques Cousteau war, wusste sie viel über Stulte, und es wurde ihr klar, dass Bo eine verbotene Grenze überschritten hatte. Sie begann, mit ihrem Stock auf die Bank zu schlagen, um die Klasse zu beruhigen, aber jeder sprach mit jedem, und das Geschrei wurde unerträglich. Plötzlich sprang Bo voller Elan auf den Tisch vor sich, riss der Lehrerin den Holzstock aus der Hand und begann, damit zu fuchteln, als wäre es ein Schwert im Duell, und rief: „Ich werde ein Seemann sein und über stürmische Meere segeln, die Segel setzen, damit der Wind sie bewegt, und mich den großen Wellen stellen, wenn der Sturm kommt!", und begann, von Tisch zu Tisch zu hüpfen, während die Bänke zitterten und vibrierten.

„Ich gehe in die Welt, und ihr pflanzt eure Kürbisse, und ich wünsche euch viel Glück damit! Adios und Ahoi!", rief Bo, sprang vom Tisch und verbeugte sich tief zum Gruß, als würde er einen König verabschieden, und dann verschwand er schnell aus der Klasse.

„Ahoi!", rief Benja ihm nach.

Die Kinder wurden noch unruhiger und begannen, sich weiter zu rufen und zu streiten. Umsonst schlug Lehrerin Belda mit ihrem Stock auf ihren Tisch und rief, sie sollten sich beruhigen; niemand von ihnen kümmerte sich mehr um sie, und sie war gezwungen, die ganze Klasse nach Hause zu schicken. Als sie allein im Klassenzimmer stand und mit dem Zeigefinger auf ihren Lippen trommelte, beschloss sie, dass es höchste Zeit war, seine Eltern zu einem ernsthaften Gespräch einzuladen.

Bo war gerade aus dem Hof mit seinem Bündel Bücher
geflohen, als ihn drei Freunde einholten. Es waren dieselben
drei, mit denen er Steine ins Teich geworfen hatte. Alle drei
hatten die Schule schon längst verlassen. Was sollten sie dort,
wenn sie auch so gut leben konnten? Irgendwann würden sie
die Geschäfte ihrer Väter übernehmen und sich um die Natur
kümmern. Warum also sollten sie sich abmühen?
„Wohin so eilig, Bo?", fragte einer. „Hast du heute keinen
Unterricht?"
„Was für Unterricht? Genug gelernt, ich habe jetzt andere
Pläne!", antwortete er ihnen, verriet jedoch nicht, was er
vorhatte.

Er hatte Angst, dass sie ihn nicht verstehen würden und ihn
nur auslachen. Die Freunde freuten sich, dass auch er die
Schule verlassen hatte. Jetzt war er einer von ihnen, ein echter,
freier Elfengeist. Was wollte ihnen die dumme Schule, wenn

sie auch ohne sie leben konnten? Sie begannen, ihn von allen Seiten zu umarmen und klopften ihm auf den Rücken und die Schultern, während ihre kurzen, abgewetzten Hosen sich um ihre Beine wickelten. Er verbrachte den ganzen Tag mit ihnen auf der Wiese, lag im Gras, beobachtete den blauen Himmel, ärgerte Insekten und ritt auf Schmetterlingen. Spät am Nachmittag machte er sich staubig und müde auf den Heimweg. Unterwegs fiel ihm ein, dass er die Bücher nicht mehr brauchte, und er wollte sie loswerden. Vorsichtig schaute er sich um, konnte aber keinen passenden Ort finden, um sie abzulegen. Also nahm er das Bündel, schwang es einige Male im Kreis mit aller Kraft und katapultierte es in den Himmel. Bo hörte, wie die Bücher in einen Strauch fielen, als er das Knacken der Zweige und einen schmerzlichen Schrei vernahm. Er umrundete den dichten Busch, der ihm die Sicht versperrte, und lugte zuerst mit seiner dichten, roten Mähne und seinen zwei großen blauen Augen hervor. Er hatte noch nicht einmal den Kopf ausgestreckt, da packte ihn etwas an einem Bein und zog ihn nach oben in den Himmel.

„Aua!", rief Bo erschrocken, während er in der Luft hing, an einem Bein gefesselt.

„Du, Schlingel! Hattest du nicht genug damit, uns zu beleidigen? Jetzt hast du angefangen, uns auch noch mit schweren Sachen zu bewerfen?"

„Oh, nein! Fisole!", rief Bo und begann, sein gefesseltes Bein zu zerren, um die Ranken zu zerreißen.

Sechs abscheuliche, mürrische Gesichter beugten sich über ihn: „Oh nein, Fisole!", wiederholte jedes von ihnen gleichzeitig mit einem quäkenden, verächtlichen Ton und imitierte seine Stimme.

Ihre Stimme war so unangenehm und quäkend für Elfenohren, dass jeder, der sich in die Nähe dieses Geschreis wagte, mindestens eine Woche lang nicht richtig hören konnte und unter Kopfschmerzen litt. Die Großmütter erzählten die gruseligsten Geschichten über Bohnen, und die Mütter schreckten ihre Kinder damit. Er hoffte, dass die dünnen Äste unter seinem Gewicht nachgeben würden, aber die Ranken waren zäh und stark und hielten sein ganzes Gewicht mühelos. Sein Haar berührte fast den Sand, aber die Bohnen zogen ihn abrupt in die Höhe vor ihre Augen. Die Ranken spannten sich wie verwickelte Federn, und sein Kopf bewegte sich hin und her, fast bis zum Sand, dann wieder hinauf zu den Bohnenaugen. Während er vor ihnen war, versuchte jede Kopf, ihn mit ihren scharfen, großen Zähnen zu packen. Während er versuchte, sich irgendwie zu befreien, fiel ihm ein, dass er ein Taschenmesser in seiner Hosentasche hatte, also schob er heimlich die Hand hinein und schnitt mit einem

Schwung den starken Zweig durch. Die Bohnen quiekten in hohen Tönen und zogen sich mit einem Jammer in die Höhe zurück, während aus der durchtrennten Ranke der grüne Saft spritzte. Bo fiel mit einem Schlag auf den Boden, aber wie der Blitz richtete er sich auf und rannte so schnell, wie ihn seine Beine trugen.

Bella stand bereits besorgt über dem Essen, das sie gerade zubereitet hatte, als Bo in das Haus stürmte.
„Wo warst du bis jetzt? Wo sind deine Bücher?", fragte sie ihn, überrascht, dass er ohne sie zurückgekehrt war.
Sie packte ihn an seinem spitzen Ohr und zog ihn direkt ins Bad, damit er sich wusch.
„Ich kann nichts dafür, die Bohnen haben mich wieder gekratzt und gebissen. Und sie haben mir auch die Bücher gestohlen, jetzt habe ich nichts mehr, aus dem ich lernen kann", antwortete er seiner Mutter und zuckte unschuldig mit den Schultern.
Bella wollte sich nicht mit ihm in eine Diskussion einlassen, sondern seufzte nur und ließ ihn dort, damit er sich selbst fertig machen konnte. Der kleine Elf wartete, bis das Abendessen vorbei war, bei dem niemand auch nur ein einziges Wort sagte.

Beno war froh, dass es wie gewöhnlich keine Diskussion oder Geschrei gab, und auch er wollte diese selten erlebte Ruhe und Stille nicht stören. Zufrieden zog er sich in seine Werkstatt zurück, um Samen zu sortieren, während Bo sich in sein Zimmer zurückzog.

Sobald die Schritte im Haus verstummten, schlich er sich leise durch das Fenster und verschwand in der Dunkelheit. Biggi rannte hinter ihm her und folgte ihm, ohne von seiner Schulter zu springen.In dieser Nacht hatte Bo einen besonderen Plan. Jetzt, wo er alle Zeit der Welt hat, wird er dem Stult Luka alles zurückzahlen. Er sollte auch sehen, was Angst und Schmerz sind, und danach musste er irgendwie herausfinden, wie er zu diesem Schiff kommt. Er wusste selbst nicht, wie und wo er das herausfinden würde, aber er fühlte, dass die Antwort in Lukas Haus verborgen war. Deshalb musste er um jeden Preis irgendwie hinein. Alle seine Erwartungen waren an dieses Haus gebunden, aber er wusste gut, dass er damit das wichtigste Gesetz der Bartolinis brechen würde, nämlich den verbotenen Zugang zu den Stults. Trotzdem war ihm das Wissen, nach dem er sich so sehr sehnte, jedes Risiko wert. Deshalb entschloss er sich zu diesem unüberlegten Schritt. Kurz hielt er inne und dachte an seine Eltern und deren Gesichter und Kritiken, aber etwas,

das tief in ihm verborgen war, trieb ihn zu diesem Schritt.
Er kletterte auf die Aussichtsplattform des alten Kirschbaums
und beobachtete durch sein Fernglas mit nur einem
Glasstück, was in Lukas Haus vor sich ging. Der Junge saß
genauso wie gestern und starrte auf die magische Kiste, nur
dass jetzt kein Meer und keine Schiffe mehr darin waren,
sondern zwei lustige Männchen mit rotem und grünem Hut,
die sich jagten. Luka hielt in seinen Händen eine kleine Kiste,
die er ständig drückte und die mit einem Draht mit der
großen, magischen Kiste verbunden war. Bo holte seine
Schleuder aus der Tasche und klemmt sie zwischen zwei Äste.
Vom Boden hob er einen großen Kieselstein auf und zog ihn
in die Gummi. Das Gummi dehnte sich und dehnte sich, bis
es schien, als würde es bald reißen.

„Jetzt wirst du sehen, du Stult, wie weh es tut, wenn dich
dieser Stein am Kopf trifft", murmelte Bo vor sich hin.
Biggi umflog seinen Kopf, und gerade in dem Moment, als er
die Schleuder spannte, fand er sich vor dem Stein.

„Biggi, pass auf, nein!", aber es war bereits zu spät, und die
Libelle flog zusammen mit dem Kieselstein davon.

Der Stein flog durch das offene Fenster und schlug dem
Jungen direkt auf den Nacken.

„Auu!", stöhnte Luka vor Schmerz und ließ den Joystick aus der Hand fallen.

Er rieb sich die Stelle am Kopf, wo es ihn gebrannt hatte.

Da sah er Biggi, der auf dem Boden lag: „Hm, ich wusste nicht, dass die Libellen beißen. Dieses hier scheint von einer seltsamen Sorte zu sein."

Luka wollte gerade Biggi mit dem Zeigefinger am Bauch berühren, als Bo auf einer Liane aus Kletterakazie hereinsprang und vor ihm auf den Tisch sprang. Der Junge bemerkte, dass sich etwas bewegte, und drehte sich abrupt zum Elf.

„Schon wieder dieses gleiche Ungeziefer von gestern", murmelte er laut vor sich hin.

„Ich bin kein Ungeziefer, du dummer Stult!", rief Bo ihm zu und hielt seine Fäuste vor den Mund, um seine dünne Stimme zu ihm zu lenken.

Luka streckte die Hand aus und versuchte, ihn zu packen, aber Bo war flink und sprang auf die Couch, um über sie zu rennen. Er drehte sich einmal um, um zu sehen, ob er ihm entkommen war, und bemerkte den Jungen, der auf einen erhöhten Tisch zulief. Dort griff er nach einem runden Gerät und rannte damit zurück zu ihm. Bo stand starr in einer Haltung, bereit zum Rennen, während Luka ein großes, rundes Glas vor sein Gesicht hielt. Durch das Glas sah er

Lukas großes, rundes Auge, das hundertfach vergrößert war, und schrie vor Angst, während er seinen Kopf mit den Händen bedeckte, um sich zu schützen. Luka sah durch das Vergrößerungsglas den kleinen Jungen mit dichten, wilden, roten Haaren, nicht größer als ein kleiner Fingernagel, und schrie vor Angst, während er auf seinen Hintern fiel. Beide klebten an ihren Plätzen und rührten sich nicht. Jeder von ihnen ließ den anderen nicht aus den Augen.

Luka begann, sich langsam und vorsichtig zu erheben, ohne plötzliche Bewegungen zu machen, um ihn nicht zu erschrecken, und fragte: „Du bist ein Junge wie ich und kein Ungeziefer?"

„Ungeziefer? Soll ich etwa ein Mistkäfer sein? Du bist der Mistkäfer, du Stult!", erwiderte Bo frech.

„Du sprichst! Du verstehst mich!", rief Luka aus, und Aufregung spiegelte sich in seinem Gesicht wider.

Er näherte sich langsam mit dem Vergrößerungsglas dem Elf und betrachtete ihn genau durch das Glas.

„Wie hübsch du bist! Wie ein richtiger Junge, nur viel kleiner. Was bist du? Bist du eine andere Art Mensch oder etwas anderes?", konnte Luka seine Neugier und Begeisterung nicht zurückhalten.

Bo ließ seine Hände von seinem Kopf sinken und richtete sich mutig auf wie ein furchtloser Krieger.

„Ich bin Bo! Bo Bartoli, der Sohn eines Elfen aus der Pannonischen Sandsteppe", antwortete er stolz.

„Ein Elf! Das ist zum Durchdrehen! Wenn ich das in der Schule erzähle, wird mir niemand glauben", sagte er in einer glücklichen Hysterie.

„Zum Durchdrehen? Was willst du damit sagen?", fragte Bo und verstand nicht, was der Junge ihm sagen wollte.

„Man dreht nicht wirklich durch, so sagt man, wenn man verrückt wird. Das ist Jugendsprache", antwortete Luka.

„Mein Vater hatte recht, ihr Stults seid wirklich dumm und wollt auch noch verrückt sein. Hmm, ihr seid wirklich seltsam."

„Dein Vater? Willst du sagen, dass es noch mehr von euch gibt?", fragte Luka mit noch größerer Freude, unfähig, sich dieses unerwartete Wissen zu verkneifen.

„Natürlich gibt es noch mehr wie mich! Denkst du etwa, ich bin allein? Auch du hast Eltern. Es gibt viele von uns, Tausende, Hunderttausende. Wir reparieren alles, was ihr Stults in der Natur kaputt macht."

„Stults, was sind Stults?", fragte der Junge verwirrt.

„Ihr seid Stults! Ihr, Menschen oder wie auch immer ihr euch nennt. Wir sorgen dafür, dass Pflanzen reifen, reinigen euren Müll, den ihr in der Natur hinterlasst. Deshalb nennen wir euch so, denn das bedeutet Trottel, Idioten."

„Warum sind wir Idioten?", fragte Luka erstaunt.

„Wie sollten wir sonst Wesen nennen, die alles, was sie von der Natur erhalten haben, zerstören und verderben? Nur ein dummes Wesen ist sich nicht bewusst, dass die Natur ein verletzliches Wesen ist und dass ihre Wunden schwer und lange heilen, wenn sie einmal krank wird", antwortete Bo, was er seit frühester Kindheit von seinen Eltern wusste.

„Hm, ich muss zugeben, dass das nicht ganz so dumm ist, was du sagst. Und wer ist Natura? Ist sie auch eine eurer Feen?"

Bo seufzte über so viel Dummheit, denn das wusste sogar der kleinste, neugeborene Elf: „Natura ist unsere Königin, unsere Göttin. Sie beschützt und nährt uns, schenkt uns alle Bedingungen für das Leben. Im Gegenzug beschützen und pflegen wir sie schon seit vielen, vielen Generationen. Natura und die Elfen sind in einer gegenseitigen Gemeinschaft, die sich ergänzt und vervollständigt. Wir respektieren und beschützen einander. Dort drüben!", und er zeigte mit der Hand auf den riesigen, uralten Baum, der in der nahegelegenen Waldlichtung zu sehen war.

„Meinst du den weißen Maulbeerbaum dort? Den großen, knorrigen Baum im Maulbeerwald?", deutete Luka in diese Richtung.

„Für euch Stults ist das nur ein Maulbeerbaum, für uns ist es die Mutter der ganzen Natur", nickte Bo bestätigend.

Luka stand eine Weile sprachlos da, voller Eindrücke, und wusste nicht, ob er seinen Augen und Ohren trauen sollte.

„Vielleicht bin ich verrückt geworden, weil ich den ganzen Tag allein vor dem Fernseher sitze. Vielleicht ist dieses Wesen nur eine Halluzination aus einem Spiel. Ein Freund von Super Mario und Luigi."

„Von wem?", fragte der verwirrte Elf.

„Ach, nichts, ich meinte das nur so", sagte der Junge mit einem verwirrten Lächeln.

„Du siehst so fantastisch aus. Woher hast du nur diese Muskeln? Und ich sehe, du hast ein Tattoo auf dem Bauch, haben dir deine Eltern erlaubt, dich tätowieren zu lassen? Mich würden sie umbringen, nur bei dem Gedanken an so etwas."

Bo schaute auf seinen Bauch und antwortete: „Meinst du das hier? Jede Familie hat ihr Zeichen. Das hier ist unseres", und zeigte auf eine Reihe von Strichen und Sternchen um seinen Bauch.

Luka überkreuzte die Beine und setzte sich auf den Boden, um näher mit dem Elf zu sprechen.

„Das ist echt cool! Ich muss mir so etwas auch machen lassen. Irgendwann", fügte er schließlich hinzu.

„Aber was machst du den ganzen Tag? Bei euch gibt es sicher nicht so eine langweilige Schule wie bei uns. Ihr genießt sicher den ganzen Tag in der Natur, verbringt Zeit miteinander und spielt", sagte Luka, aber das klang mehr wie eine Feststellung als eine Frage.

Bo machte ein verärgertes Gesicht und sagte: „Wir haben auch Schule. Wir müssen auch lernen, aber ich habe beschlossen, sie heute zu verlassen. In der Natur machen wir alles andere, nur nicht genießen. Warst du schon einmal im Garten deines Vaters? Hast du je gesehen, wie er aussieht? Es ist ein richtiges Müllfeld", und zeigte mit dem Finger nach draußen zum Garten.

Beide schauten auf den tristen Garten, die welken Blumen und Sträucher, verstreute Mülltonnen und umgekippte Stühle. In dem hohen Gras lagen Kinderbälle und Glasflaschen, an der Mauer standen umgefallene Krüge und rostige Metalleimer. Es sah wirklich aus wie ein Ort, der nichts mit Genuss zu tun hatte.

„Jede Stults-Familie hat ihren eigenen Hauself, der sich um sie kümmert. Mein Vater sagt, dass ihr die unordentlichsten in der ganzen Gegend seid. Er räumt jeden Tag nach euch auf, aber der Garten ist so groß, dass er es alleine in hundert Jahren nicht schaffen kann."

Lukas Gesicht nahm einen traurigen Ausdruck an, als er

begriff, wie viel Sorgen ihre Nachlässigkeit jemandem bereitet.

„Sag mir, warum bist du gerade jetzt zu uns gekommen?"

„Bo sah ihm direkt in die Augen und antwortete: „Wenn mein Vater wüsste, dass ich hier bin, würde er auch durch..."

„Durchdrehen!", half ihm Luka.

„Ja, er würde durchdrehen. Den Bartolins ist es verboten, sich dem Wohnsitz des Stults zu nähern. Es besteht zu große Gefahr, entdeckt zu werden. Ich denke ehrlich, dass ich der Erste bin, der so etwas wagt. Ich bin eigentlich gekommen, um herauszufinden, wie ich zu diesem Schiff komme, denn ich will Matrose werden", gestand Bo ihm.

Luka rührte sich unbehaglich, da ihm nicht alles klar war: „Zu welchem Schiff?"

„Gestern habe ich in deinem Zimmer das Schiff gesehen, mit dem Jacques Cousteau reist, und ich habe beschlossen, mich ihm anzuschließen. Du weißt, mein Vater hat mich schon seit Jahren überredet, auch ein Kürbiszüchter zu werden wie er, aber das gefällt mir überhaupt nicht. Es reicht mir schon, dass wir in einem Kürbis wohnen. Nein, das ist nichts für mich!", beklagte sich Bo.

„Uff! Ich verstehe dich vollkommen. Mein Vater würde am liebsten, dass ich Elektriker wie er werde, aber das interessiert mich überhaupt nicht. Bis jetzt habe ich den ganzen Tag gespielt und nichts gemacht. Aber weißt du, das erste Meer von hier ist mindestens tausend Kilometer entfernt. Sowohl die Adria als auch das Schwarze Meer, und die Ägäis und das Ionische Meer sind noch weiter weg. Mit dem Auto brauchst du mindestens zehn Stunden, und mit dem Flugzeug eine Stunde."

Bo ließ traurig den Kopf sinken, aber aus seinen Gedanken wurde er durch einen Schmetterling unterbrochen, der über das Haus flog.

„Ah, ich muss schnell nach Hause, Mama wartet bestimmt schon auf mich."

„Wirst du wiederkommen, um dich mit mir zu treffen? Ich habe die Zeit sehr genossen", fragte Luka ihn.

„Ich weiß nicht. Vielleicht. Aber darüber kein Wort an niemanden, von dir hängt das Schicksal eines ganzen Elfenvolkes ab."

Luka versprach ihm fest, dass es ihr Geheimnis bleiben würde, und hielt ihm den Zeigefinger als Gruß entgegen. Bo nahm seinen Finger mit beiden Händen und schüttelte ihn.

„Das ist verrückt! Unvergesslich!", rief der Junge begeistert.

„Biggi, steh auf, wir gehen nach Hause! Genug mit dem Herumlungern", rief Bo.

Die Libelle flatterte mit den Flügeln und ließ sich auf die Schulter des Elfen nieder.

„Ah, gehört dieses Ungeziefer auch dir?", wunderte sich Luka.

„Ja, dieses Ungeziefer ist Biggi und das ist mein Haustier, so wie ihr Hunde und Katzen habt."

Die Jungen verabschiedeten sich, und Bo verschwand in der Dunkelheit, als wäre er nie dort gewesen.

Am nächsten Morgen stand Bo wie jeden anderen Morgen rechtzeitig für die Schule auf. Er setzte sich mit seiner Familie zum Frühstück, sprach jedoch kein Wort darüber, dass er die Schule verlassen hatte. Bo versprach seiner Mutter, auf dem Weg die Bücher von Fisola abzuholen, und sie verabschiedete ihn an der Tür.

„Und pass auf, dass dir diese Hose nicht kaputtgeht. Sprich nett mit ihnen, dann werden sie auch nett zu dir sein."

Bo drehte sich um, um ihr noch einmal zu winken, und

verschwand hinter den Büschen. Dort hielt er einen Moment inne, da er nicht wusste, wohin er so früh gehen sollte und was er den ganzen Tag tun sollte, aber zurück gab es keinen Weg. Er ging nicht mehr zur Schule und zu Hause durfte er mit niemandem darüber sprechen. Biggi summte nervös um seine Ohren und wartete darauf, dass er sich entschied, in welche Richtung er gehen wollte. Er würde sich gerne zur Schule aufmachen, aber Bo spürte das und wurde noch nervöser. Er trat wütend einen Stein an, nur beim Gedanken daran, zu den Fisolas zu gehen, um seine Bücher zu holen. Aber was sollte er tun? Das war das Erste, was Bella überprüfen würde, sobald sie ihn an der Tür sah.

„So früh muss ich mich mit ihnen streiten", murmelte er vor sich hin und spuckte zur Seite, ohne die Hände aus den Taschen zu ziehen.

Als er sich dem Erbsenbeet näherte, schlug sein Herz schneller. Eine Reihe von verwachsenen Ranken umschlang die hölzernen Pfähle, die in einer Höhe von mindestens zwei Metern gekreuzt waren. Das Beet war bereits voll mit Schoten, und neue weiße Blüten traten aus jeder Knospe am Stängel hervor. Unzählige verdrehte Ranken wie Kinderlocken wanden sich um die Stützen, sodass es fast so aussah, als würden sie vor seinen Augen wachsen. Als sie seine Schritte hörten, öffneten sich die Schoten ein wenig, nur genug, um ein Auge nach draußen zu schauen. Bo entdeckte seine Bücher oben auf dem Strauch. Sie waren zu hoch, aber er könnte sie in einem Augenblick erreichen, wenn er wüsste, dass ihm die riesigen Kiefer mit ihren scharfen Zähnen nichts anhaben würden. Das Bündel stand direkt am Rand des Strauchs, also zog er die Schleuder aus der hinteren Tasche, um zu versuchen, es mit einem Stein zu treffen.

Der Elf stellte die Schleuder genau auf das Auge ein, zielte präzise und ließ den Stein los.

In diesem Moment störten ihn drei Stimmen: „Bo! Du bist wirklich nicht in der Schule! Er hat wirklich die Schule verlassen, und ich dachte, er macht nur Spaß", riefen fröhlich drei Burschen, mit denen er sich immer nach der Schule traf. Die Stimmen lenkten ihn ab, und er verfehlte das Ziel um gut einen halben Meter. Statt das Bündel Bücher zu treffen, traf der Stein eine Erbse direkt ins Auge. Es erhob sich ein solches Geschrei und Lärm, dass alle im Umkreis von mindestens einem Kilometer ihre eigenen Ohren zuhalten mussten. Die Erbse begann zu husten und sich zu verschlucken, und von dem starken Husten und Geschrei fiel sie aus der Schote und rollte ins Gras. Bo erstarrte einen Moment, da er nicht wusste, was er jetzt tun sollte. Er wagte sich nicht, die Erbse wieder in die Schote zu stecken, denn das Risiko, dass Fisole sie ihm vollständig abbeißt, war zu groß. Es war ihm auch zuwider, die Erbse dort liegen zu lassen, während sie weinte und klagte. Er hatte Mitleid mit dem grünen Kopf, der im Gras schrie und weinte. Und ihn in die Hände zu nehmen, wagte er nicht. Bisher hatte kein Bartolin je eine Erbse in die Hand genommen. Wie könnte er jetzt der Erste sein? Die Freunde umringten den weinenden Kopf und wussten nicht einmal, was sie ihm sagen sollten. In Bo erwachte das Herz eines Gärtners, und es tat ihm leid für die Erbse, die von ihren Schwestern getrennt war. Er band sich das Tuch, mit dem er seine Hose hielt, ab und band es vorsichtig um die grüne Kugel. Die Erbse schaute ihm direkt in die Augen, und er wich ein wenig zurück, hielt sie mit ganz ausgestreckten Armen so weit wie möglich von sich entfernt. Aber auch Fisola war noch nie in so einer Situation gewesen, und ihr Quietschen verwandelte sich in Weinen, sodass sie zu schluchzen und zu schniefen begann vor Schmerz und Traurigkeit. Auf ihrem Kopf saß ein Knoten aus dem Tuch, sodass sie wie ein Bartolin aussah, der seit Tagen unter schrecklichen Zahnschmerzen litt.

„Das wollte ich nicht. Entschuldige. Ich wollte nur meine Bücher zurück", sagte er zu Fisola, und sie schwieg einen Moment.

„Du und die Schule und das Lernen!", riefen die anderen Köpfe aus der Schote und senkten sich fast bis zu seinem

Kopf mit drohenden Gesichtsausdrücken.

Wunderbarerweise verspürte Bo zum ersten Mal keine Angst und sagte zu ihnen: „Gebt mir meine Bücher zurück, und ich gebe euch eure Schwester zurück."

Aber die Fisolen waren furchtbar verbittert und wütend, sie glaubten dem Elfen kein Wort und wollten ihm seine Bücher nicht zurückgeben. Sie begannen zu zischen und mit der Zunge zu schnalzen, zu schreien und um ihre Schwester zu trauern. Einige der Köpfe erstickten einfach in ihren Tränen, und aus ihren Nasen floss ein Strom von Schleim.

„Nun gut, wie ihr wollt. Eure Schwester geht dann mit mir. Wenn ihr euch überlegt, mir die Bücher zurückzugeben, gebt mir Bescheid", zuckte Bo mit den Schultern und entfernte sich mit den anderen Elfen. Bo verbrachte den ganzen Tag mit seinen drei frechen Freunden. Er erzählte ihnen, wo er gestern den Tag verbracht hatte und wie er mit einem Stult in Kontakt trat. Alle schauten ihm fasziniert auf die Lippen, während er sprach. Niemand bezweifelte sein Wort, denn sie wussten, dass Bo mutig und zu allem bereit war.

„Bo, du bist unser Anführer! Du bist der Tapferste von uns allen. Niemand von uns dürfte auch nur daran denken, sich einem der Stultenhäuser zu nähern, und du bist dort ohne Angst marschiert.", seufzten seine Freunde neidisch.

Bo fühlte sich stolz, dass seine Freunde ihn bewunderten, obwohl er tief in seinem Inneren wusste, dass das nicht ganz in Ordnung war.

„Sie sagen, ich habe richtig gehandelt. Warum quält mich dann mein Gewissen, wenn ich an meinen Vater und meine Mutter denke?", dachte der rothaarige Elf, während ihn seine Freunde auf die Schulter klopften.

„Aber ich weiß nicht, was ich tun soll. Ich kann nicht jeden Tag so aus der Schule fliehen. Ich muss mir etwas einfallen lassen. Was soll ich meiner Mutter sagen, warum ich nicht zur Schule gehen kann?", fragte er seine Freunde.

Zwei schlugen verschiedene Dummheiten vor, die bei seinen Eltern sowieso nicht durchgehen würden, und einer hatte eine Idee und sagte: „Sag, dass du krank bist und nicht zur Schule gehen kannst, weil du dich nicht wohlfühlst."

Bo schaute ihn ernst an: „Das ist nicht so eine schlechte Idee. Aber was soll ich sagen, was mir fehlt? Meine Mama kennt sich mit allen Krankheiten aus. Bei ihr wird kein Schauspielerei durchgehen."

„Nun, du könntest das Gleiche tun wie meine Schwester vor ein paar Tagen. Iss eine Erdbeere, dann wird sie dich sicher nicht zur Schule lassen", sagte einer von ihnen.

„Iiii, bäh!", riefen sie alle gleichzeitig und stellten sich vor, wie er in den nächsten Wochen nach nur ein paar Bissen aussehen würde.

„Das ist nicht so eine schlechte Idee. Alle Bartolins sind allergisch gegen Erdbeeren, ihr Gesicht wird rot und mit gelben Flecken übersät. Vielleicht schützt mich das eine Woche lang vor der Schule."

Die Freunde sprangen von ihren Plätzen auf und machten sich auf den Weg zu den ersten Erdbeersträuchern. Bo war wirklich interessant, mit ihm war es nie langweilig. Er folgte ihnen langsam, hoch und dünn, und unter dem Arm hielt er einen grünen Ball. Als sie das Beet mit den Erdbeersträuchern erreichten, blieben sie zwischen den Beeten stehen, um die ersten Früchte des Jahres zu betrachten. Die Sträucher voller Erdbeeren in verschiedenen Farben, von grün bis rot, ragten über ihre Köpfe. Der Anblick war wirklich majestätisch in der Allee der Erdbeeren, die voller Blüten waren, mit kleinen Knötchen, die gerade zu Früchten wurden, Trauben von kleinen grünen, mittleren gelben und großen rubinroten Erdbeeren. Sie hatten dasselbe Gefühl wie die Menschen in der Allee der Eichen. Aber alle wussten genau, was es für sie bedeutete, auch nur den kleinsten Bissen dieser saftigen Früchte zu essen. Sie trampelten auf dem großen, goldenen Stroh und hielten sich an den Zweigen fest, um sie zu biegen und die Erdbeeren so zum Boden zu bringen. Der Strauch lag auf dem Boden und war voll mit roten und halbreifen Erdbeeren, vor allem mit den kleinen, unreifen, gelb-grünen. Zwischen den grünen Blättern leuchteten die Blüten, aus denen in ein paar Tagen neue Früchte sprießen würden.

„Ich würde dir das nicht empfehlen!", sagte Fisola unter dem Arm, während sie mit den Augen nach oben rollte, um sein Gesicht zu sehen.

„Ach komm, du wirst doch nicht auf diese alte Dame hier hören. Sie weiß nur, wie man schreit und nörgelt", ermutigten ihn die Freunde, sich zu entscheiden.

Fisola blinzelte mit ihren großen Augen und wurde traurig, ohne darauf zu antworten. Bo ließ Fisola entschlossen auf das Gras sinken und griff vorsichtig nach der roten, duftenden Erdbeere, um hinein zu beißen. Nach ein paar Sekunden durchströmte ein saftiger, süßer Geschmack seinen Mund, und er begann zu essen, sowohl aus Hunger als auch aus dem Wunsch, dass die Allergie ihn so stark wie möglich erwischte. Nachdem er gut gegessen hatte, wischte er sich mit dem Unterarm den Mund ab und setzte sich ins Gras, um abzuwarten, was passieren würde. Die Freunde setzten sich im Kreis und ließen ihn nicht aus den Augen. Sogar Fisola wurde etwas still und betrachtete ihn heimlich unter ihren großen Lidern, als würde es sie nicht interessieren. Es vergingen keine fünfzehn Minuten, da begann sich die Röte über sein Gesicht und seinen ganzen Körper auszubreiten. Bo wurde immer röter, bis schließlich gelbe Pickel wie Punkte auf Erdbeeren auf seinem Körper erschienen.

„Oh! Hättest du keine Arme und Beine, würde jeder Bartolin denken, du bist eine Erdbeere", rief einer laut.

Bo beugte sich über einen Pfütze und sah sein Spiegelbild im Wasser. Er sah aus wie eine echte Erdbeere mit einer Nase, Augen und rotem, zerzaustem Haar auf dem Kopf.

„E, jetzt kann ich nach Hause gehen. Hoffentlich lassen mich meine Eltern ein paar Tage in Ruhe."

Die Freunde rannten ihm nach, klopften ihm auf die Schultern und lachten über seine Taten. Und er hatte nur ein Ziel: die Schule zu vermeiden!

Bo zog sich langsam in seinen Hof mit Biggi, der nervös mal über die eine, mal über die andere Schulter summte, und mit der Erbse unter dem Arm. Sobald sein Vater ihn sah, hielt er beim Graben an und lehnte sich auf seine Hacke. Seine Augen wurden immer runder, je näher Bo kam.

„Oh meine Natura, was habe ich hervorgebracht? Als ob ich mit der Erdbeere verwandt wäre! Hat dieses Kind überhaupt ein bisschen Verstand? Aus all dem Obst auf dieser Welt wählt er ausgerechnet die Erdbeeren. Ich war auch jung und verrückt und bin in fremde Gärten und Obstplantagen gegangen, aber warum gerade zu den Erdbeeren? Warum bestraft man mich so?"

Bo blieb still vor ihm stehen und sah ihn nur an. Verwirrt wusste Beno nicht, was er ihm sagen sollte, also begann er zu jammern: „Wir haben Glück, dass unser Stult so unordentlich ist und nie in den Garten geht, sodass er uns nicht entdeckt.

Aber dass jede Vogel dich bis unter die Wolken so rot sehen wird und dich verfolgt, sobald sie dich sieht, ist etwas anderes. Geh jetzt ins Haus, verschwinde mir aus den Augen! Bella, meine Liebe, mir geht es nicht so gut!", rief Beno, und die Frau rannte aus dem Haus.

Sobald sie ihren Sohn sah, war ihr sofort alles klar. Sie legte ihren Arm um Benos Schulter und führte ihn langsam ins Haus, während sie den Jungen mit einem strengen Blick ansah.

„Bo, geh rein. So kannst du nicht zur Schule gehen. Kein Spielen, kein Ausgehen, keine Gesellschaft, solange das nicht ganz vorbei ist."

Er wurde ein wenig traurig, aber was sollte er jetzt tun? Zurück kann er nicht mehr, zumindest muss er eine Zeit lang nicht zur Schule, bis er sich überlegt, wie er zum Schiff kommt. Er war kaum in das Haus eingetreten, als er spürte, wie seine Lippen anschwollen und seine Augenlider größer wurden. Die Nase begann zu laufen und die gelben Pickel juckten ihn schrecklich.

„Du darfst dich nicht kratzen, sonst bleiben dir Narben", ermahnte ihn die Mutter.

Bo fühlte sich wirklich schwach und legte sich hin. Bis jetzt hatte niemand erwähnt, dass diese Beerenallergie so übel war.

Hätte er nur gewusst, hätte er einen anderen Weg gesucht, um der Schule zu entkommen, aber was soll's, aus dieser Haut kann er jetzt nicht mehr heraus. Nachdem er sich ein wenig ausgeruht hatte, sammelte Bo seine Kräfte und ging nach unten zum Abendessen. Sein Vater sah ihn an und senkte dann den Blick zurück auf seinen Teller, der bis zum Rand mit Kürbisspaghetti gefüllt war.

„Stellt euch vor, wie unser Gastgeber, der Stult, mit seinem flachen Verstand, heute mindestens zehn Schilder mit Beschriftungen in die Erde gesteckt hat. Minze, Lavendel, Rosmarin, Rose, Schneewittchen. Ist er denn so dumm, dass er sich nicht merken kann, wo er was gepflanzt hat? Warum beschäftigt er sich überhaupt mit dem Gärtnern, wenn er jede Pflanze nicht einmal an ihrem Stamm und ihren Blättern erkennen kann? Das ist nichts für ihn! Ich sehe ihn jeden Tag, wie er sich quält. Er tut so, als würde er etwas im Garten machen, aber er fummelt nur ohne Sinn! Er pflanzt und gießt, und alles geht kaputt. Der einzige Nutzen von ihm ist, dass er einen zwei Meter hohen Komposthaufen hat, unter dem ich im Winter alles verstecken kann, was mir einfällt."

Bella hörte zu, was ihr Mann sagte, aber ihre Augen waren auf ihren Sohn gerichtet, der mit Röte übersät war. Er spürte ihren Blick und hob die Augen nicht vom Teller, sondern schlürfte eine endlos lange Spaghetti. Biggi hatte den Wunsch, mit ihm zu spielen, und schnappte sich das andere Ende der Spaghetti und begann, sie zu ziehen, während er über den Tisch flog. Bibbi war mit ihrem Essen fertig und nahm ihr Haustier, einen kleinen Marienkäfer, und setzte ihn vor sich auf den Tisch.

„Bibbi, nimm dieses Tier vom Tisch. Es gehört sich nicht dort", tadelte sie die Mutter.

„Warum darf Bita das nicht, aber Biggi kann ständig hier herumflitzen?", fragte die Tochter.

„Biggi geht niemals auf den Tisch", antwortete Bella.

„Bo, musstest du ausgerechnet zu den Erdbeeren, mein Sohn?", fragte die Mutter ihn direkt.

„Ich habe den ganzen Tag nichts gegessen, und die Erdbeeren riechen so wunderbar", log Bo in einem Augenblick.

„Ja, sieh mal, wie wunderbar das ist. Das wird eine gute Lektion für dich", antwortete sie und führte ihn auf das Kürbisbett und strich ihm mit einem Gel aus zerdrücktem Sedum über die Haut.

„Das habe ich beim Stult gepflückt, glücklicherweise sind die Töpfe voller dieser Heilpflanze. Aber es wird ein paar Tage dauern, bis du gesund bist. Hast du deine Bücher gefunden? Ich kann mich nicht erinnern, sie gesehen zu haben, als du nach Hause gekommen bist."

„Nein, die Fisolen haben ein ganzes Chaos angerichtet. Aber

ich habe hier eine Erbse und ich werde sie ihnen erst zurückgeben, wenn sie mir meine Sachen zurückgeben", sagte er und legte die grüne Kugel mitten auf den Tisch.

Alle griffen sich an die Ohren und warteten auf das schreckliche Geschrei. Bella deckte das Glas mit ihrer Hand ab, falls sie anfing zu schreien, damit das Glas nicht zerbrach. Sie starrten mit Staunen auf den grünen Kopf, niemand traute sich, ihn wegzunehmen oder etwas zu sagen. Das kleine Körnchen rollte mit den Augen, blinzelte, schniefte mit der Nase und verzog den Mund, aber zum Glück ließ es seine piepsige Stimme nicht hören. Fisola blieb ruhig, bis sie das köstliche Essen auf den Tellern bemerkte. Sie versuchte, mit ihren dicken Lippen das letzte Ende der Spaghetti zu schnappen, die vom Teller hingen, und begann, stark Luft zu saugen, während sie mit ihrer langen, dicken Zunge über den Tisch schlabberte. Als sie es schließlich schaffte, begann sie, die Spaghetti zu saugen, zu schlürfen und zu schmatzen.
„Uh, ich war wirklich hungrig", seufzte das Erbsenkörnchen erleichtert.
Beno wunderte sich, dass Fisola so ruhig blieb. So lange er sich erinnern konnte, kannte er nur hysterische und piepsige Erbsen. So ein ruhiges Körnchen hatte er noch nie gesehen. Er griff sich ein Stück gebackenen Kürbis und begann, es ihr

zu füttern. Fisola nahm die Bissen gerne an und schaute ihn dankbar an. Bibbi fand es toll, dass sich das Körnchen wie ein zahmer Haustier verhielt, und begann ebenfalls, Stücke von ihrem Teller abzureißen.

„Aber mein Sohn, Fisola braucht Wasser, sie kann nicht so leben. Nimm den Metallkübel vor der Tür, fülle ihn mit Wasser und setze das Körnchen hinein. In ein paar Tagen kannst du es pflanzen und dein eigenes Beet mit Erbsen haben."

Bo folgte dem Rat, ließ Fisola im Wassergefüllten Kübel und wünschte ihr eine gute Nacht, bevor er zurück ins Haus ging. Bella näherte sich dem blühenden Löwenzahn an der Wand und pustete hinein. Neun Blüten flogen aus dem flauschigen Kopf, und an deren Stelle wuchsen sofort neue nach.

„Es ist neun Uhr, Zeit für ein wenig Musik", sagte Bella und rieb sich unter dem Kinn des hohen grünen Grillen, der in der Ecke des Zimmers stand. Die Grille begann, auf ihrer Violine zu spielen, und von der bezaubernden Musik entspannten sich alle und beruhigten sich am Flammenschein der Kerze, die in der Mitte des Tisches flackerte.

„Ich muss wieder zu den Stults, um eine neue Kerze zu holen. Diese habe ich unter dem Brunnen gefunden.

Wie viele Sachen kaufen sie, nur um sie ein paar Tage später wegzuwerfen. Zum Glück für uns", sagte Beno und schaute auf die heruntergebrannte Kerze, deren Wachs auf den Boden tropfte.

Die Morgenstrahlen waren kaum durch das Fenster geschlüpft, als Bo spürte, dass ihn etwas in der Nase kitzelte. Er rieb sich nur mit seiner Hand darüber und drehte sich zur anderen Seite, um weiterzuschlafen. Doch es dauerte nicht lange, bis etwas glitschiges und Kaltes anfing, an seinen Beinen und Fußsohlen zu krabbeln. Bo sprang erschrocken auf die Beine, und seine blauen Augen wurden so weit aufgerissen vor Staunen, dass man die Weißteile kaum sehen konnte.

„Wow!", rief er, noch schläfrig und zerzaust.

Während er sich über seine roten, mit Ausschlag bedeckten

Wangen kratzte, begann er, sich überall umzusehen, und es gab viel zu sehen. Fisola hatte überall in dem Raum ihre Ranken ausgelegt, sogar dicke grüne Stämme waren gewachsen, die überall im Raum wuchsen. Von einer Seite drangen Äste und Lianen durch das Schlüsselloch des Schranks und kamen auf der anderen Seite aus der Schublade heraus. Einige hatten sich um sein Bett gewickelt und krochen weiter aus dem Zimmer unter der Tür hindurch. Bo folgte der dicken Liane, die schnell in den Flur kroch. Er konnte mit eigenen Ohren hören, wie die Blätter raschelten und rauschten, während sie wuchsen. Aus jedem neuen Zweig sprießten hunderte von Blättern und weißen Blüten.

Im Flur hatte er auch einiges zu sehen. Das ganze Haus war in Lianen und Blätter gewachsen, als wäre es im tropischen Dschungel. Gleichzeitig traten Bella und Beno aus ihren Zimmern, erstaunt über das Gesehene. Beno schob den Pompon seiner weißen Nachtschlafmütze von seinem Auge und versuchte mit der Kerze den Raum um sich herum zu erhellen, der immer dunkler und dunkler wurde.

„Wo ist Bibbi?", fragte Bella, da sie ihre Tochter nicht sah. Biggi stürzte als Erster in das Zimmer des Mädchens, und die drei folgten ihm. In ihrem Zimmer wuchs und entwickelte sich gerade das letzte Ende der Liane. Sie schlief immer noch, aber nicht in ihrem Bett aus weißem Kürbis, sondern lag auf dem Erbsenstamm, während die Liane sie immer höher und höher zur Decke hob. Bibi war immer noch mit rosafarbenen Rosenblättern bedeckt und erwachte erst in dem Moment, als sie von ihr fielen. Zunächst wusste sie nicht, wo sie war, aber als sie begriff, dass sie hoch über dem Bett war, schrie sie vor Angst und verlor das Gleichgewicht, sodass sie von dem Ast fiel. Beno fing sie in seinen Armen auf und ließ sie sanft auf den Boden sinken.

„Was machen wir jetzt?", fragte Beno mehr sich selbst als die anderen.

„Du hättest wissen müssen, dass du die Erbsen nicht ins Wasser tauchen kannst, dass sie über Nacht wie verrückt wachsen werden", ermahnte ihn Bella.

„Woher hätte ich das wissen können? Nur ein Stult pflanzt Erbsen, oder hast du vielleicht irgendwo einen Bartolini gesehen, der in seinem Garten Fisolen gepflanzt hat? Ich nicht! Es tat mir nur leid, dass sie ohne Wasser bleibt. Es ist schließlich ein Lebewesen", rechtfertigte sich Beno und war sich selbst gegenüber enttäuscht, dass er nicht klüger war.

„Ich denke, es ist Zeit, dass du zu Natura gehst und sie um Rat fragst. Sie wird am besten wissen, wie wir sie entfernen können, ohne sie zu schädigen", sagte die Frau zu ihm.

Beno nickte nur, setzte seinen grünen Hut auf und machte sich auf den Weg zum Maulbeerwald. Die drei saßen draußen vor dem Haus, während sie warteten, dass er zurückkam, und beobachteten, wie das grüne Ungeheuer langsam ihr ganzes Haus verschlang. Als Beno zurückkam, konnte Bella zunächst nicht einschätzen, ob er mit Naturas Antwort zufrieden war. Er wirkte irgendwie verwirrt und seltsam.

„Was ist passiert? Hat Natura dich empfangen?", fragte sie ihn interessiert.

„Natürlich. Ja", antwortete Beno mit leiser Stimme.

„Nun gut, was hat sie gesagt?", fragte die rothaarige Fee ungeduldig.

„Sie ist die Königin dieser Welt! Ruhig und weise, gerecht und wohlwollend. Alle Geschichten über sie vermitteln nicht im Geringsten, was sie wirklich ist."

„Gut, aber was hat sie dir gesagt? Wie sollen wir Fisola aus dem Haus entfernen?", fragte sie ihn ungeduldig.

„Das? Ja, sie sagte, wir sollten ein wenig Backpulver dort streuen, wo die Wurzel von Fisola ist, dann wird alles in Ordnung sein. Nur wo finde ich Backpulver, dieses chemische Wunderding benutzen nur Stulte. Kein Bartolin hat so etwas. Wir verwenden nur Mittel, die wir in der Natur finden. Wie komme ich an dieses verdammte Backpulver?", antwortete er besorgt.

Bo saß zur Seite und hörte, was sein Vater sagte. Plötzlich kam ihm eine Idee, und er schlich sich unauffällig aus dem Hof. In kürzester Zeit erreichte der Elf über die Büsche und das hohe Gras Lukas Fenster. Er lugte durch das Glas, und Biggi lehnte sich hinter ihm. Beide spickten vorsichtig in den Raum. Luka saß nicht wie gewöhnlich auf dem Boden vor dem Fernseher. Der Raum war leer. Hinter ihnen hörten sie eine weibliche Stimme, und sie versteckten sich schnell hinter einem lila Akazienblütenstrauch.

„Luka! Ziehst du etwa die Blätter der Hauswurz aus dem Topf, mein Sohn? Schon seit ein paar Tagen liegen die herausgerissenen Blätter herum. So schön ist sie gewachsen, und jetzt finde ich jeden Tag abgefallene Blättchen", sagte die Mutter und begann, die vergilbten Blätter um den Topf aufzusammeln.

„Aber mein Sohn, was ist in den letzten Tagen mit dir los?"

„Warum, was ist nicht in Ordnung?", fragte Luka.

„Nein, alles ist in Ordnung. Irgendwie ist es sogar zu gut. Deshalb mache ich mir Sorgen. Du verbringst nicht mehr Stunden vor dem Fernseher und spielst diese monotonen Spiele, sondern beginnst, im Garten zu arbeiten und den Rasen zu mähen. Es ist ein bisschen ungewöhnlich für dich, das musst du zugeben", lächelt sie ihn an.

„Mir ist nichts. Es ist nur schönes Wetter. Es wäre dumm,

den ganzen Tag drinnen zu bleiben, wenn es so einen schönen sonnigen Tag gibt. Vielleicht werde ich mich ein wenig auf der Wiese sonnen."

„In Ordnung!", schaut sie ihn sichtbar überrascht und etwas misstrauisch an.

Sie konnte sich nicht erklären, was zu dieser plötzlichen Veränderung geführt hatte. All das hatte sie ihm jeden Tag gesagt, aber es hatte nichts geholfen. Was auch immer es war, es war besser als vorher. Sie ging wieder nach drinnen, und Luka blieb alleine im Garten, um das Gras zu mähen.
Sie entdeckte zum wiederholten Mal die abgefallenen Blätter der Semen um den Topf und hob sie verwundert auf.

„Was hat die Pflanze wohl angegriffen, dass sie ständig Blätter abwirft?"

„Psss! Psss!", versuchte Bo ihn zu rufen, aber er hörte ihn wegen des Rasenmähers nicht.
Bo sah keine andere Lösung und holte seine Schleuder aus der hinteren Tasche und traf ihn mit einem Zitronensamen, den er auf dem Boden gefunden hatte. Luka fasste sich an die Stelle, wo ihn der Samen getroffen hatte, und schaltete den Rasenmäher aus. Er sah sich um und erblickte Bo an seinem Fenster.

„Hey, woher kommst du so früh? Ich habe nicht damit gerechnet, dass du jetzt kommst. Ich habe begonnen, den Garten zu ordnen, damit du leichter herankommst", rief der fröhliche Junge ihm sofort entgegen.

„Ich bin gekommen, weil ich deine Hilfe brauche", sagte er und erzählte ihm kurz, was passiert war.

„Was ist mit deinem Gesicht passiert? Du siehst ein bisschen aus wie die Erdbeeren aus dem Garten!"

„Nichts Besonderes, ich bin nur allergisch gegen Erdbeeren", antwortete Bo.

„Oh, cool! Bei euch ist es interessant. Ich wünschte, ich wäre so klein wie du, damit ich alles persönlich sehen könnte. Aber ich glaube, meine Mama hat Soda in einer Flasche, ich werde jetzt mal nachsehen, und wenn ich es finde, bringe ich es dir." Luka rannte in die Küche und kam nach ein paar Minuten mit einem Glas in der Hand wieder heraus.

„Luka, was brauchst du mit Natron, wohin bringst du das, mein Junge?", rief seine Mutter ihm nach.

„Ach, ich habe nur gehört, dass man damit Schnecken bestreuen kann, und sie dann alle verschwinden. Ich möchte es ausprobieren."

Er öffnete das Glas und füllte Bo seine kleine Tasche bis zum Rand. Der Elf bedankte sich und sprang von Blatt zu Blatt wie ein Grashüpfer, glitt über die Blumen und sprang durch ein Loch im Zaun, durch einen kleinen Spalt, der mit der Zeit herausgefallen war. Bo ging zu dem Wasserbehälter, wo sich die kräftige Wurzel entwickelt hatte, und schüttete fast die Hälfte seiner Tasche hinein. Das Wasser begann zu schäumen und zu zischen, und die Wurzel wurde schwach und gelb. Die gelbe Farbe breitete sich durch die Äste aus, und die Blätter fingen an zu zittern, rauschten und fielen ab.

„Oh, wie viel Laub und Schmutz jetzt im Haus ist!", begann Bella zu klagen, während sie die abgefallenen Blätter und gebrochenen Äste überall auf dem Boden betrachtete.

„Bo, rühr dich nicht von der Stelle, sondern nimm diese Schaufel und den Besen und fang an aufzuräumen. Dir ist es sowieso langweilig zu Hause.", sagte sie und reichte ihm ein paar Grashalme, die mit einem Seil zu einem Besen gebunden waren.

„Woher hast du das Natron, Bo?", fragte Beno und stützte sich mit den Händen auf die Hüften.

„Oh, ich habe es im Garten bei Lauch gefunden. Sie haben es dort wegen der Schnecken gelassen", antwortete Bo hastig.

Sein Vater schaute ihn misstrauisch an: „Ich hoffe, du bist nicht zu den Stults gegangen? Du weißt, wie gefährlich das für alle in Bartolinien sein kann. Die Stults würden uns zerstören, wenn sie von unserer Existenz wüssten. Was wäre dann mit uns? Was wäre mit der Natur? Denk darüber nach, wenn du Zeit hast."

Beno ging in seine Werkstatt und murmelte vor sich hin: „Irgendwie dreht sich bei ihm in letzter Zeit zu viel um diesen Lauch. Ich muss selbst hingehen, um zu sehen, was dort passiert."

Als sie endlich all das Laub gesammelt und nach draußen in den Garten gebracht hatten, bat Bella sie, ein Ei aus dem Hühnerstall zu holen. Die beiden gingen schweigend und machten sich auf den Weg zum Hühnerstall ihres Stults. Dort standen sie vor dem Drahtzaun und warteten darauf, dass sich die Hühner etwas zurückzogen.

„Du gehst, ich war das letzte Mal dran. Der schwarzweiße Hahn stolzierte wieder dort herum. Letztes Mal hat er mir so in die Haare gegriffen, dass mein Kopf drei Tage wehgetan hat", bat die ältere Schwester.

Bo schlüpfte durch die Drahtschleife, zuerst ein Bein und dann das andere, und begann, eng am Zaun entlangzugehen, und das nur, als die Hühner ihm den Rücken zuwandten. Er wartete auf den Moment, als sich die Meute auflöste, sprang über die Holzrampe und hastete in den Hühnerstall. Alle Nester waren leer, außer einem. Aber genau in diesem einen Nest waren Eier. In den anderen war es vergebens, das Stroh zu durchsuchen, es war nirgendwo auch nur ein einziges Ei. Er sprang auf die rotbraune Henne, die sich nicht von den Eiern rührte, und sie begann, in der Annahme, es sei ein lästiges Insekt, mit ihrem scharfen Schnabel um sich zu picken. Biggi begann, vor ihrem Schnabel herumzufliegen, und sie schüttelte ihre rote Kamm, blinzelte mit ihren runden, gelben Augen und bewegte sich auf ihren Eiern. Bibbi kam hinein, als sie sah, dass Bo nicht allein etwas schaffen konnte. Sie begann, vor der Henne zu winken und zu springen, und diese stand von den Eiern auf, in der Annahme, dass sie ein schmackhaftes Abendessen vor sich hatte, und begann, sie zu jagen und laut zu gackern. Bo nutzte die Gelegenheit und schob das Ei, das mindestens zehnmal größer als er war, mit seinem Rücken an, und es rollte über die Bretter und fiel direkt in das Stroh außerhalb des Hühnerstalls. Er kletterte an einem Halm bis zum Dach und schlüpfte dort durch eine enge Öffnung nach draußen. Vom Dach aus konnte er sehen, wie Bibbi wie besessen durch den Garten rannte, gefolgt von der rundlichen Henne und dann von den anderen Hühnern. Nur der Hahn hielt sich abseits und mischte sich nicht unter die nervösen Hühner. Bo sprang auf einen Heuballen und rollte das Ei auf das Gras. Etwas Großes und Grünes bewegte sich auf ihn zu und hielt direkt vor ihm an.

„Komm, hilf mir, warum stehst du hier wie eine Statue? Siehst du nicht, dass ich es schwer habe?", stöhnte Bibbi und schüttelte ein großes Blatt von ihrer Schulter, das sie zusammen benutzten, um das Ei zu schieben.

Ihr Marienkäfer landete auf der Spitze des Eis, und der Elf zog alle Enden des Blattes zusammen und band sie in einen Knoten.

„Dein Mistkäfer könnte sich mal vom Ei entfernen! Es reicht nicht, dass ich das Ei ziehe, jetzt schleppt sie sich auch noch mit!", sagte Bo, blieb stehen und versuchte, sie zu fangen, aber das Ei war zu hoch.

„Das ist kein Mistkäfer, sondern mein Haustier! Dein Biggi stinkt. Außerdem, pack das Blatt am Stil und zieh, denn so kommen wir nicht bis zum Morgen." Beide hielten sich am Stil des Blattes fest wie an einem Wagen ohne Pferde und begannen, es in Richtung ihres Hauses zu ziehen.

Unterwegs trafen sie ihren Vater, der mit beiden Händen abgestützt das Chaos im Garten des Stults beobachtete.

„Ich weiß nicht, ob ich mich freuen oder Sorgen machen soll, dass sie plötzlich mit dem Aufräumen begonnen haben? Auf jeden Fall ist der Hausherr dumm und unfähig. Der Garten ist nichts für ihn. Er weiß nicht, wie man pflanzt, wann und wo. Alles, was er in die Erde steckt, vertrocknet oder verfault. Ich habe noch nie einen Stult gesehen, der so wenig Ahnung vom Gärtnern hat. Wenn er nur dies im Schatten pflanzen würde und das andere dort in die Sonne, würde alles anders wachsen. Dieser hat zwei linke Hände", seufzte Beno und kratzte sich am zotteligen Kopf.

Sie ließen ihren Vater dort stehen, der jammert, und zogen weiter das Ei nach Hause.

„Bravo, Kinder! Ihr seid wirklich geschickt, jetzt haben wir ein frisches Ei zum Abendessen", rannte Bella zu ihnen, um ihnen zu helfen, das Ei ins Haus zu bringen.

Während sie zu Abend aßen, fragte Bella den Jungen: „Bist du immer noch bereit, ein Seemann zu werden, oder hast du dich doch entschieden, hier bei uns in der pannonischen Tiefebene zu bleiben und die Natur zu bewahren, wie es all deine Vorfahren seit Tausenden von Jahren getan haben?"

„Natürlich würde ich lieber über die Meere segeln als den ganzen Tag in der Sonne zu graben wie mein Vater", antwortete der Junge.

Der Vater wurde rot, sowohl vor Wut als auch vor Eitelkeit, und wollte ihm gerade etwas sagen, als Bibbi spöttisch sagte: „Du bist nur ein paar Millionen Jahre zu spät. Wärst du damals geboren, könntest du auf deinem dummen Meer segeln."

Bella wandte sich vom Herd ab und stellte das gebratene Ei auf den Tisch. Es war so groß, dass die Enden über die Tischkante hingen wie ein Tischdecken.

„Vor langer Zeit, als das Meer sich zurückzog, haben unsere Vorfahren Fossilien und Muscheln freigelegt und begannen, ihre kostbaren Kürbissamen zu pflanzen. Sowohl die Kürbisse als auch die Bartolini lieben trockenen Sand, denn daraus verläuft das Wasser und nichts verdirbt. Vielleicht ist das Meer schön, aber für uns in Bartolinien ist es besser, dass es nicht mehr da ist", sagte die Mutter zu ihm.

Bo brachte aus dem Eimer die Erbse und legte sie in die Mitte des Eigelb. Die Erbse war hungrig, weil sie den ganzen Tag draußen in der Sonne gestanden hatte, deshalb begann sie, die weiche, rötlich-gelbe Schicht des Eigelbs um sich herum zu picken. Sie leckten mit ihrer grünen Zunge, und der Speichel spritzte überall um sie herum.

„Es wäre besser, wenn du isst. Sieh nur, wie mager du bist. Ein echter Bartolin hat einen runden Bauch wie ein Ball und ist ganz rund wie ein Kürbis und rosig. Sieh nur, wie mager du bist, als ob du nicht von unserer Sorte wärst. So sieht ein starker und gesunder Bartolin aus", sagte Beno und klatschte mit seinen Händen auf seinen runden Bauch.

Bibbi und Bo schauten sich erschrocken an. Beide zogen es vor, nicht von ihrer Art zu sein, als runde Bäuche und einen rosigen Teint zu haben. Bella stand auf, um zu sehen, wie spät es war, und pustete in einen Löwenzahn. Acht getrocknete Samen flogen heraus.

„Es ist schon acht Uhr. Wie schnell die Zeit vergeht. Tage und Jahre vergehen, und ich habe immer noch nicht genug verdient für die schöne silberne Knöpfe. Und ich würde so gerne ein silbernes Essservice haben", seufzte Bella sehnsüchtig, während sie die Reste des gebratenen Eis beiseite räumte.

„Gut, Mama, warum drehst du durch wegen diesem blöden Essservice? Als ob das das Wichtigste auf der Welt wäre", platzte Bo heraus.

„Durchdrehen? Was ist das für ein Ausdruck? Wer spricht noch so?", fragte Bella ihn misstrauisch, während sie sich an die Hüften stützte. Ihre spitzen Ohren spitzten sich noch mehr, während sie ihn anstarrte, ohne sich zu bewegen.

Draußen begann die erste Dämmerung zu fallen. Bella rieb den Glühwurm im Glas und schloss schnell den Deckel, damit er nicht nach draußen flog. Der Glühwurm leuchtete auf, wurde rot und das Licht wurde immer heller und strahlender, bis es schließlich so hell wie die Sonne wurde.

„Mama, meine Decke ist gelb geworden, ich brauche eine neue", sagte Bibbi und hielt eine zerknitterte, vergilbte Decke in der Hand.

„In Ordnung, hier hast du eine frische, gute Nacht, schlaf schön", sagte sie und reichte ihr ein paar frische Blütenblätter von weißen Rosen.

Eine Woche war vergangen, und die Allergie verschwand
langsam von dem Gesicht des Elfen. Obwohl Beno dachte,
sein Sohn verbringe die Tage im Haus, schlich er sich
heimlich davon, sobald dieser hinter der Tür seiner Werkstatt
verschwunden war. Tagelang traf sich Bo mit Luka auf seiner
Holzfestung. Das war das Einzige, was sein Vater erfolgreich
im gesamten Garten gemacht hatte. Jeder von ihnen hatte
hundert Fragen darüber, wie der andere lebte. Mit jedem Tag
lernten sie sich besser kennen und wurden so richtige
Freunde. Bo hatte in ihm einen Freund gefunden, der ihn
verstand, was er bei keinem Elfen zuvor gefunden hatte. Zum
ersten Mal schien es ihm, dass jemand verstand, was er wollte,
ohne dass er es besonders erklären musste. Luka hatte die
Gewohnheit, sich mit verschränkten Armen und einem
Grashalm im Mund auf das Gras zu legen.
„Ich wusste nicht, dass Stults Gras essen", sagte Bo, während

er zusah, wie Luka das Grashalm von einer Wange zur anderen bewegte.

„Wir essen nicht. Wir machen das nur aus Langeweile. Mehr aus Spaß", erklärte er.

„Findet ihr es lustig, Gras zu kauen?", Bo schien es immer mehr, als würde sein Vater ihm nicht immer Unsinn erzählen. Es war wirklich etwas Merkwürdiges an diesen Stults, und wie Luka selbst sagen würde, waren sie durchgedreht. Luka gab ihm ein Grashalm, und Bo kürzte ihn und streckte sich dann aus, knabberte am Grashalm und schaute in den blauen Himmel.

„Sieh, die Wolke dort sieht aus wie ein Drache", sagte Luka und zeigte auf eine große weiße Wolke.

„Wo?", fragte Bo erstaunt. Es wunderte ihn sehr, dass jemand auf die Idee kam, Figuren in den Wolken zu beobachten. Und wirklich, so einen Unsinn konnte sich nur ein Mensch ausdenken. Ein Bartolin würde sich nie mit solchen unnötigen, erfundenen Dingen beschäftigen. Na ja, man weiß doch, dass Wolken Regen bringen. Was die Leute sich nicht alles ausdenken! Aber auch ihm gefiel dieses sinnlose Träumen ohne Ziel, und so begann er auch, Figuren in ihnen zu erkennen.

„Oh, die dort. Die sieht aus wie ein Hammer", fügte er hinzu.

„Und die dort sieht aus wie ein Herz", zeigte Luka auf eine

Form.

„Und die dahinter sieht aus wie eine flammende Pfeilspitze", wiederholte er.

„Und die große graue sieht aus wie eine Hexe. Nein, das sieht aus wie meine Lehrerin!", rief Bo.

„Und wie meine", sagte Luka und beide fingen an, herzlich zu lachen.

„Weißt du, ich würde gerne dein Volk kennenlernen. Das, was du mir erzählt hast, klingt so faszinierend. Solche Dinge hörst du nie in der Schule."

„Ich weiß nicht. Zurzeit ist das nicht möglich", schüttelte Bo den Kopf.

„Ich glaube, mein Vater würde nie wieder ein Wort mit mir reden."

Luka schwieg zu dieser Antwort und fragte ihn dann etwas ganz anderes.

„Was machen deine den ganzen Tag? Womit beschäftigen sie sich? Ist ihnen nicht langweilig?", fragte er neugierig.

„Langweilig? Uns? Nie! Mama hantiert den ganzen Tag im Garten. Sie pflanzt irgendwelche Blümchen in Töpfe."

„Töpfe? Woher habt ihr Töpfe?", wunderte sich Luka und dachte an die kaputten Töpfe.

„Das sind nicht die Töpfe, die deine Mama hat. Das sind

meistens die Verschlüsse von Säften oder andere Getränkebehälter. Meistens kocht und backt sie verschiedene Kuchen. Sie hat sogar angefangen, ein Buch zu schreiben, ‚Kürbis auf hundert Arten'. Ihr ganzes Leben lang hatte sie von einem Essservice aus Silbergeschirr geträumt, das heißt aus sechs silbernen Knöpfen. Das erwähnt sie fast jeden Tag beim Mittagessen. Wenn ich nur wüsste, wo ich das finden könnte, würde ich es ihr sofort schenken. Und Papa, der träumt davon, eine besondere Art von Kürbissamen zu finden, die schnell wächst und riesig wird. So groß, dass ein Mensch darin Platz hat."

„Das klingt wirklich interessant", nickte Luka, während er mit der Hand das Kinn stützte.

„Wir haben auch unseren kleinen See, genau wie ihr, aber unser ist aus der Schale gemacht, die die alte Schnecke verlassen hat. Aus all den Eislöffeln, die du letzten Sommer gegessen hast, haben wir einen Zaun um das Haus gebaut. Letztes Jahr hast du wirklich sehr viel Eis gegessen."

„Aha, wirklich", bestätigte Luka, während er sich auf einen Arm stützte und das Gras zwischen seinen Lippen drehte.

„Und den Jahresbeginn feiern wir nicht am ersten Januar wie ihr, denn das macht keinen Sinn. Was passiert in der Natur dann? Gar nichts! Wir feiern den ersten November als Beginn eines neuen Zeitalters. Dann sind bereits alle Kürbisse gereift, die Natur sinkt langsam in ihre Ruhe, und die Bartolinis freuen sich auf ihren wohlverdienten Urlaub."

Beide schauten in den Himmel und schwiegen. Es schien ihnen, als würden sie sich schon lange kennen. Wenn auch nichts anderes, so verstanden sie sich jetzt zumindest besser, da sie wussten, wie der andere lebte.

Bo war längst von seiner Allergie geheilt, ging aber immer noch nicht zur Schule, sondern schlich jeden Morgen heimlich zu Luka. Dort verbrachte er die Zeit, denn es war schon längst Sommer, und Luka hatte Schulferien. Bei den Elfen gab es nur im Winter Ferien, weil es sehr kalt war, und im Sommer nutzten sie die Zeit, um so viel wie möglich über die Natur und deren Pflege zu lernen.

Eines Morgens machte sich Bibbi auf den Weg zur Schule und bemerkte zufällig, dass ihr Bruder in eine ganz andere Richtung ging. Sie zögerte einen Moment, ob sie ihm folgen oder zur Schule gehen sollte. Sie wusste nicht, was sie tun sollte, denn die Schule zu schwänzen war ein schwerer Verstoß für einen Elf. Aber etwas ließ ihr keine Ruhe, also beschloss sie, ihn heimlich zu verfolgen. Zunächst war sie besorgt darüber, wo er sich herumtrieb, als es Zeit für die Schule war. Als sie jedoch sah, dass er sich dem Haus des Stults näherte, war sie überrascht und verängstigt. Sie wusste nicht, ob sie umkehren oder weitermachen sollte, aber die Neugier in ihr siegte, ebenso wie die Sorge, dass ihm bei dem Stults etwas passieren könnte. Bo schlich sich langsam bis unter das Fenster, als er einen Schrei aus Lukas Haus hörte. Er rannte zum Fenster und sah, wie Lukas Mama ihn bei den Armen hielt und ihn anschnauzte.

„Bist du von allen guten Geistern verlassen?" Wann und wo hast du es geschafft, dich tätowieren zu lassen? Und das über den ganzen Bauch! Wie konntest du nur auf so etwas kommen? Oh, wenn dein Vater das sieht!", begann seine Mama zu jammern.

Sie befeuchtete ihren Finger mit Speichel und begann, auf der Tätowierung herumzukratzen in der Hoffnung, dass sie sich entfernen würde, aber die Farbe war echt und dauerhaft.

„Versteck das, damit dein Vater es nicht sieht", sagte sie und bückte sich, um ihm das Unterhemd in die Shorts zu stopfen. Obwohl Luka wusste, was ihn erwartete, war er überhaupt nicht nervös. Wenn er nur seiner Mama sagen könnte, warum er das getan hatte. Er hatte nur das getan, was alle echten Elfen tun, die Beschützer der Natur sind. Diese Tätowierung war ein Symbol für all diejenigen, die die Natur lieben und schützen. Vielleicht wäre sie nicht so wütend, wenn sie die ganze Wahrheit wüsste. Aber was sollte er tun, wenn er es ihr nicht sagen durfte? Er hatte Bo ein Ehrenwort gegeben.

„Du hast Glück, dass Papa und ich zu einer Hochzeit eilen. Andernfalls würden wir jetzt anders reden", sagte sie und ging, um sich umzuziehen.

Kaum war sie ein paar Minuten weg, als sie wieder schrie: „Luka, was hast du mit meinem Festkleid gemacht? Wo sind all die Knöpfe? Wie soll ich jetzt so gehen?"

Gerade kam Lukas Vater vorbei und wusste nicht, was los war, und begann, seine Frau zu beruhigen.

„Klage nicht. Nimm etwas anderes. Es ist sowieso warm, du brauchst keinen Jackett."

Sobald Luka allein blieb, schlich Bo aus seinem Versteck und wollte durch das Fenster gehen. Bibbi war unaufmerksam und stieß mit dem Fuß gegen einen rostigen Metallmüllbehälter.

Bo fuhr zusammen, ohne zu wissen, wer hinter ihm war, und blieb erstaunt stehen, als er seine Schwester sah.

„Was machst du hier?", fragte er flüsternd. „Geh sofort nach Hause."

„Was mache ich hier? Die Frage ist, was machst du hier? Ich hoffe, du wirst nicht in das Haus eines Stults gehen. Du bringst uns alle in Gefahr. Bist du dir dessen bewusst?"

„Pssst!", legte Bo seinen Finger auf die Lippen und versuchte, sie wegzuschieben und nach Hause zurückzukehren, aber Bibbi ließ sich nicht so leicht vertreiben.

Während sie sich so schubsten und balgten, trat Luka ans Fenster.

„Aaaa! Lauf Bo, versteck dich. Da ist ein böser Stult", rief sie und beugte sich über ihren Bruder, um ihn zu beschützen. Ihre Augen wurden groß vor Angst und Ungewissheit, was jetzt passieren würde. Luka schaute verblüfft und sprachlos, während Bo sich plötzlich aus ihren Armen zog.

„Lauf, lass mich in Ruhe. Hier wird dir niemand etwas tun", wies er sie zurück.

„Hallo Bo! Ist das deine Schwester? Sie sieht dir ähnlich", sagte sein Freund und betrachtete das kleine Mädchen.

„Ah, igitt!", erwiderten sie gleichzeitig und musterten sich von Kopf bis Fuß mit Abscheu.

„Hallo Bo? Was soll das heißen, Bo? Kennt ihr euch schon länger? Bist du schon mal hier gewesen? Bist du verrückt geworden?", schrie sie ihn wütend an.

„Bist du, hast du? Das höre ich nur von dir. Du bist nicht meine Mama, ich muss dir keine Rechenschaft ablegen. Geh nach Hause und lass mich in Ruhe!", erwiderte Bo frech.

„Aha! Und wer sagt dir das? Ich bin älter und klüger, und Mama hat mir gesagt, dass ich auf dich aufpassen soll. Ich gehe nach Hause, wann ich will!", schrie Bibbi ihm ins Gesicht und schüttelte trotzig den Kopf, während sie die Hände in die Hüften stemmte.

„Komm schon! Mama hat dir nichts gesagt! Du bist nur übermäßig neugierig und kannst nicht aufhören, überall deine Nase reinzustecken, und denkst, du weißt alles besser", schrie Bo sie an.

„Aha! Das ist, weil ich klüger bin als du, du unreifer...
Übrigens, wie lange kommst du schon hierher und was hast
du hier zu suchen?", fragte sie ihn trotzdem neugierig.

„Eh, das geht dich überhaupt nichts an. Geh nach Hause und
lass mich in Ruhe. Nervensäge!"

In der Zwischenzeit lehnte sich Luka auf seinen Ellbogen und
beobachtete sie mit einem Lächeln, mal den einen, mal den
anderen, wie bei einem Tischtennisspiel.

„Ich sehe, dass auch die Elfen nicht klüger sind als wir
Menschen. Du streitest dich genauso mit deiner Schwester wie
ich mit meinem Bruder", stellte der Junge aus ihrem Streit
fest.

„Halt die Klappe!", riefen sie gleichzeitig und warfen ihm
einen strengen Blick zu.

Luka zuckte mit dem Kopf zurück, und die beiden sahen sich
überrascht an, dann lachten sie und beendeten die Diskussion.
Zumindest waren sie sich einig, dass sie niemanden von außen
erlaubten, den anderen zu ärgern, obwohl sie sich zu Hause
manchmal sogar an den Haaren zogen.

„Ok, ok! Ist es nicht besser, wenn ihr hereinkommt? Ich bin
allein zu Hause", lud Luka sie ein, ins Haus zu gehen.
Bo stimmte sofort zu, während Bibbi nur mit den Schultern
zuckte. Wenn Bo bisher nichts bei ihm gefehlt hatte, würde es
ihr wohl auch nicht fehlen. Am Abend kehrten sie nach

Hause zurück, jeder mit sechs silbernen Knöpfen, die sie bei Mama in der Küche ablegten. Wie glücklich sie war, als sie sie sah.

„Oh, ein silbernes Essgeschirr!", drehte sie sich dann zu ihnen um und schrie: „Woher habt ihr das?"

Als hätten sie sich vorher abgesprochen, riefen sie gleichzeitig: „Wir haben es im Garten gefunden!"

Sie glaubte ihnen, denn bis dahin hatte sie Bibbi noch nie beim Lügen erwischt, und blieb mit ihrer Antwort zufrieden.

Stundenlang betrachtete sie die Knöpfe und überlegte, womit sie die zwei durchbohrten Löcher darin verschließen könnte.

Bibbi konnte nicht widerstehen und zog ihn beim Weggehen an einer Haarsträhne.

„Aua! Warum ziehst du mich?"

Sie ging in ihr Zimmer und antwortete ihm, ohne sich umzudrehen: „Weil ich wegen dir angefangen habe zu lügen."

Er blieb im Türrahmen seines Zimmers stehen und kratzte sich am Kopf. Er hätte sich gefreut, dass seine Schwester auf seiner Seite war, und zufrieden ging er schlafen.

In den nächsten Tagen ging auch Bibbi mit ihrem Bruder zu
Luka, anstatt zur Schule zu gehen. Während Luka Videospiele
spielte, saß Bo auf seiner Schulter und feuert ihn an. Die
Kinder der Stults hatten wirklich viel Spaß. Es war viel
unterhaltsamer, als Käfer-Eier aus Nester zu stehlen,
Schmetterlinge an den Flügeln zu ziehen, während sie den Tau
von den Blumen tranken, oder Hummeln im Flug zu
erschrecken. Bibbi hingegen streifte neugierig durch das Haus
und es schien ihr, als wäre alles interessant. Die Stults hatten
tausende unnötiger Dinge, von denen sie keine Ahnung hatte,
wozu sie dienten. Sie kletterte in der Küche auf die Möbel und
durchsuchte alles, was ihr in die Hände fiel. Vor ihr stand ein
riesiges Glasgefäß mit zwei Metallstäben, die zu einer Spindel
gewickelt waren. Der Gegenstand schien ihr interessant zu
sein, also beugte sie sich über den Rand des Gefäßes und
stützte sich mit dem Fuß auf eine plastische Erhebung. Ohne

zu wissen, dass sie damit den Startknopf aktivierte, kletterte sie auf das Gefäß und das Gerät begann zu summen.

Die Metalllöffel begannen sich zu drehen und mit ihnen auch Bibbi, die auf ihnen abrutschte.

„Aaa! Hilfe! Bo, hilf mir, das dreht sich schrecklich schnell!", rief sie und rief ihren Bruder um Hilfe.

Luka ließ den Joystick fallen und war in ein paar Schritten bei ihr, um das Gerät auszuschalten.

„Bibbi, das ist gefährlich. Du darfst nicht in den Mixer gehen, du bist klein, das könnte dich zerdrücken", sagte er tadelnd und zog sie mit zwei Fingern heraus.

Sie sah ihn nur schweigend an, ganz eingeklebt von Teig. Die gelbe, klebrige Masse hatte ihr dickes rotes Haar bedeckt und klebte wie Paste um ihr Kleid. Bo versuchte, den Teig von ihr abzubekommen, aber er zog sich nur wie Kaugummi und riss sich aus seinen Händen los und klebte sich wieder an denselben Platz.

„Na toll, jetzt müssen wir dich baden", lachte Luka.

Bo hielt sich vor Lachen den Bauch, als er sah, wie seine Schwester aussah.

„Ha, ha, ha!", antwortete Bibbi, ganz rot im Gesicht.

„Ich kann mich selbst baden, ich weiß nur nicht, was ich danach anziehen soll?", sagte sie zu dem Jungen.

„Oh, das werden wir leicht lösen", sagte er und rannte los, um eine kleine Glas-Schüssel mit warmem Wasser zu füllen. Er gab etwas von Mamas Parfümwasser und Seife hinein und stellte eine Schachtel mit Streichhölzern vor sie, damit sie leichter hinaufsteigen konnte. Irgendwie schaffte sie es, den klebrigen Teig von sich zu entfernen, aber jetzt war sie völlig nass. Sie trat mit dem Fuß auf die Schachtel mit Streichhölzern und verschränkte die Arme um die Schultern, weil ihr kalt geworden war. In der Zwischenzeit hatte Luka bereits den Föhn für die Haare vorbereitet und schaltete ihn auf die höchste Stufe. Aus dem Gerät blies ein heißer Wind, und Bibbi begann sich im Kreis zu drehen und trocknete in einem Augenblick.

„Juhu! Das ist so wunderbar!", rief sie begeistert von dem Stults-Gerät.

„Ja, super! Jetzt bist du trocken. Wir könnten auch etwas essen, ich habe richtig Hunger", sagte Luka, als er sah, dass ihr Haar wieder in den Himmel ragte.

„Super!", wiederholte Bibbi das ihm unbekannte Wort.

Er öffnete den Kühlschrank und begann darin zu schauen, was sie für das Mittagessen herausnehmen könnten.

Voll von Neugier stürmte Bibbi hinein und entdeckte etwas Glänzendes und Gelbes.

„Kann ich das haben?", fragte sie den Jungen und rutschte in die Masse bis sie bis zu den Knien darin steckte.

„Butter? Das kannst du haben, wenn du willst, aber das isst man mit Brot."

Bibbi griff mit der Hand hinein und leckte daran, aber es schien ihr fettig und unappetitlich. Sie spuckte es aus und hustete.

„Was esst ihr denn alles?", blieb die kleine Fee verwundert.

Während die beiden überlegten, was sie essen sollten, kletterte Bo durch die kleine Öffnung und verschwand in der Dunkelheit. Luka nahm alles aus dem Kühlschrank, was Bibbi auf den ersten Blick gefiel. Sie mochte den Fruchtjoghurt, also nahm er ihr ein wenig in einen flachen Teller. Er bereitete sich ein Sandwich zu und wollte gerade hineinbeißen, als ihm auffiel, dass Bo nicht da war.

„Bo, wo bist du?"

Sie hörten leise Klopfgeräusche, als würde jemand an die Tür klopfen. Er ging zu der Tür über dem Kühlschrank und öffnete sie plötzlich. Zwischen der gefrorenen Karotte und dem Erbsen stand Bo, ganz durchfroren. Seine roten Locken waren gefroren, und er stand zusammengekrümmt und zitterte mit den Zähnen.

„Ich werde mich nie wieder über die Bohnen ärgern. Arme, wo enden sie nur", sagte Bo mit einer Stimme voller Mitgefühl, während er die gefrorenen Erbsen betrachtete.

Bibbi fasste ihn an einer gefrorenen Locke, aber sie zog sich zurück und begann wie eine Feder zu vibrieren.

„Das ist die Öffnung, durch die die Eiswürfel rauskommen, wenn du diesen Knopf hier drückst", erklärte Luka ihm.

„Cool! Die Stults machen Eis, machen heißen Wind. Was sie sich nicht alles einfallen lassen", rief Bibbi verwundert.

Luka schaltete den Haartrockner wieder ein, und Bo taute in einem Augenblick auf. Sobald sie fertig gegessen hatten, setzten sie sich wieder vor den Fernseher, und während Luka eine neue Kassette in das kleine blaue Gerät einlegte, spielte Bibi damit, auf die Knöpfe der Fernbedienung zu springen.

Jedes Mal, wenn sie sprang, wechselte das Programm im Fernseher. Das erschien ihr und Bo äußerst unterhaltsam. In einem Moment hielt sie inne und starrte mit weit aufgerissenen Augen auf den Bildschirm.

Vor ihr stand eine wunderschöne Ballerina, die sich in einer Pirouette in einem weißen Tüllrock und weißen Ballettschuhen mit satinband um die Knöchel drehte.

Bibbi hatte noch nie etwas so Schönes, so Anmutiges gesehen. Sie begann, die Ballerina nachzuahmen, fiel aber bereits bei der ersten Pirouette um.

„Oh, wie schwer das ist! Und es sieht so einfach aus. Luka, was ist das für ein Tanz, den dieses Mädchen tanzt?

Es ist wunderschön," fragte ihn die begeisterte Fee, ohne ihre großen blauen Augen vom Bildschirm zu nehmen.

„Das ist Ballett. Aber es ist nicht so leicht zu lernen. Man muss viel üben", antwortete der Junge.
„Egal, wie schwer es ist, ich werde es auch lernen, so zu tanzen," flüsterte Bibi mehr zu sich selbst.

„Meine Mama hat hier irgendwo eine Platte von Tschaikovsky mit dem Schwanensee", sagte er und griff nach einer flachen, schwarzen Platte und legte sie auf den Plattenspieler.
Sanfte Musik erfüllte den Raum, und Luka setzte sie auf seinen Finger und legte sie auf die Platte. Bibbi beugte sich vor, um zu sehen, woher die wunderschönen Klänge kamen, denn sie sah nichts außer einem Stock mit einer Nadel, der über die schwarze Platte hüpfte. Sie hob die Arme über den Kopf wie eine Ballerina und begann sich zusammen mit der Platte zu drehen, in dem Versuch, alles nachzuahmen, was sie tat.
„Hm, wo hat er nur diesen Kram gefunden. Aber wenn ich sie kenne, ist es mit unserem Spiel für heute vorbei. Sie wird uns nicht erlauben, uns mehr dem Fernseher zu nähern",
murmelte Bo enttäuscht.
Es war bereits dunkel, als die beiden sich auf den Weg nach Hause machten. Diesmal schien Bibbi irgendwie nachdenklich

und in einer Art Verzückung zu sein, wie Bo, als er zum ersten Mal die Matrosen auf dem Segelschiff sah. Sie gingen schweigend durch den noch warmen Sand, vorbei an bepflanzten Gärten und blühenden Nachtveilchen. In der Luft verbreitete sich der Duft von Nachtkerzen, Petunien, Studentenblumen und ein süßlicher Geruch von taufeuchter Erde. Kaum waren sie durch die Tür gegangen, fanden sie Bella und Beno, die besorgt am Tisch saßen und ungeduldig auf sie warteten.

„Na gut, Kinder, wo wart ihr so lange? Wo sind eure Bücher? Bis jetzt war nur Bo zu spät und hat Unsinn gemacht, und jetzt kommst du auch nicht mehr rechtzeitig, Bibbi. Was ist nur mit euch los? Wo treibt ihr euch den ganzen Tag herum?", überschüttete sie die Mutter mit tausend Fragen. Beno beobachtete sie durch die Brillengläser, sagte aber kein Wort.

Bella, erleichtert, dass sie nach Hause gekommen waren, schöpfte ihnen eine große Schöpfkelle Kürbissuppe und redete lebhaft weiter.

„Das ist meine neueste Kreation. Jetzt werdet ihr es probieren", sagte Bella und stellte ihnen einen Teller voller Suppe mit einem Hauch von Petersilie und einer lila Blüte vor die Nase.

„Und wie schmeckt es euch?", fragte sie ungeduldig.

Bibbi schlürfte die Suppe nachdenklich und antwortete nur: „Super!"

„Suppe…was?", fragte Beno überrascht.

Bo trat Bibbi unter dem Tisch ins Bein, und sie zuckte vor Schmerz zusammen.

„Aua! Die Suppe aus Radieschen schmeckt so gut", sagte sie, um sich zu rechtfertigen.

„Was sind das für Radieschen, das ist Kürbis", sagte ihr Vater, überrascht, während er sie anstarrte.

Was ist nur mit seinen Kindern los? Als wäre die Sommerhitze ihnen zu Kopf gestiegen.

Bella saß am Tisch und fragte zwischen zwei Schlücken: „Und Bibbilein, hast du dir schon überlegt, was du machen willst, wenn du die Schule beendet hast? Oder wirst du vielleicht auch Matrose wie dein Bruder?", fragte sie und begann vor Lachen zu zittern.

Beno schaute seine Tochter an und musste auch lachen, während er sich seine Kinder, die Elfen, vorstellte, wie sie über die Meere segelten.

„Nein, ich werde Ballerina werden", sprach sie wie hypnotisiert, während sie auf einen Punkt starrte.

„Balle…was?", fragte der Vater und klopfte sich vor Überraschung auf die Brust. Seine Hand zitterte und das Kürbisbier lief aus dem Krug auf alle Seiten.

„Kind, hat vielleicht die Sonne dir auf den Kopf geschlagen? Fühlst du dich nicht gut?", fragte die Mutter, besorgt, dass sie nur redet, und legte ihre Hand auf die Stirn.

„Sie hat kein Fieber, aber morgen, sobald es hell wird, muss sie zur Schule gehen, um zu sehen, was sie dort lernen. Was sind das für neue Dinge, von denen sie und Beno noch nie gehört haben", dachte sie in sich, ohne ihren Mann beunruhigen zu wollen.

„Manchmal habe ich das Gefühl, ihr seid so dumm geworden wie die Stults selbst. Anstatt euch zu entwickeln und erwachsen zu werden, werdet ihr irgendwie immer seltsamer und seltsamer. Und bei Stults ist alles genau so dumm und sinnlos", murmelte der Vater mehr für sich selbst.

„Das stimmt nicht! Die Stults haben viel mehr von allem als wir!", rief Bibbi plötzlich empört, und alle hoben den Blick von ihrem Teller.

Bo trat erneut Bibbi unter dem Tisch ins Bein.

„Siehste, ich wusste genau, dass sie alles vermasseln würde. Ich gehe schon so lange dorthin und habe nicht einmal ein Wort gesagt, und sie hat schon nach ein paar Tagen den Kopf verloren", dachte der Elf bei sich.

„Bibbi will sagen, dass die Stults verschiedene Techniken haben, die wir Bartolini nicht haben, und dass ihr Leben deshalb anders und schöner ist", versuchte der Bruder, sie aus der Verwirrung zu ziehen.

Beno sah sie mit einem Blick voller Verwunderung und Tadel an.

„Ja, sie haben Technik. Verschiedene Technik, die keinen Sinn macht und niemand braucht. Ich habe gehört, dass sie Raketen haben, mit denen sie zum Mond fliegen. Und was wollen sie da? Da gibt es weder Luft zum Atmen, noch Wasser, noch einen einzigen grünen Grashalm. Was wollen sie dort machen? Die Stults haben allerlei Maschinen und Kästen, aus denen Geräusche kommen, die sie Musik nennen. Hm, was für ein Unsinn. Was soll ich mit so einer Kiste, die schreit, wenn ich so viele Drosseln und Nachtigallen auf den Ästen habe, die wunderschön singen? Die Stults fahren in Autos und Flugzeugen, um schneller anzukommen. Brauche ich so einen Quatsch, wenn es Hummeln, Schmetterlinge und Vögel gibt, die mich immer mitnehmen, wenn ich es brauche?"

„Aber die Stults haben Maschinen, die warme Luft erzeugen, um sich warm zu halten, wenn ihnen kalt ist, und eine Maschine, mit der sie Eis machen, wenn sie es brauchen", warf Bibbi lebhaft ein und versuchte, die Stults zu verteidigen und ihren Vater irgendwie milde zu stimmen.

Beno wurde noch misstrauischer, und Bella hörte mit dem

Abwaschen auf und setzte sich an den Tisch, um ihnen zuzuhören.

„Stults dies, Stults das! Gut, Kinder, was ist nur mit euch los? Wenn ihr nicht meine Kinder wärt, würde ich denken, dass ihr eure Tage mit ihnen verbringt. Nichts ist schlimmer, als dass sich jemand in die Angelegenheiten der Natur einmischt. Die Natur ist die einzige, die dieses Recht hat, und das aus einem guten Grund. Sie weiß, was und wie es zu tun ist, was für alle Lebewesen gut ist und was nicht. Was für ein Glück, dass die Stults nicht über die Natur und die Welt entscheiden. Sie haben ohnehin alles zerstört und verschmutzt, sodass wir saure Regen, schneefreie Winter und Meere voller Müll haben. Und da kommen wir Bartolini ins Spiel, um das zu reinigen, was sie verschmutzt haben, um das zu reparieren, was sie zerstört haben, um Pflanzen zu kreuzen und die letzten Exemplare auf dem Planeten zu retten. Das ist unsere Pflicht! Das ist in jedem Bartolin Blut! Deshalb wurde der Bartolini geboren, und sein ganzes Leben ist ihm untergeordnet. Die Stults sind eine Gefahr für ganz Bartolinien. Wenn sie nur einen von uns fangen, würde das den Untergang unserer ganzen Gemeinschaft bedeuten. Das darf niemals geschehen! Deshalb, Kinder, haltet euch von jedem fern, der auch nur denkt, sich den Stults zu nähern. Meldet ihn sofort der zuständigen Kommission.“

„Der Kommission zum Schutz der Natur!", antworteten die drei im Chor.

Zum ersten Mal fühlte Bo in der Stimme seines Vaters eine besondere Leidenschaft, eine Glut, die er selbst hatte, wenn er an das Meer dachte. Zum ersten Mal in seinem Leben hatte er das Gefühl, zu verstehen, warum sein Vater mit so viel Hingabe das tat, was er den ganzen Tag tat. Und zum ersten Mal fühlte er eine besondere Nähe zu ihm, denn diesmal gab es in seiner Stimme weder Anklage noch Tadel. Bibbi sagte nichts dazu. Sie fühlte das Bedürfnis, ihnen zu erzählen, was sie dort alles erlebt und gesehen hatte, und war traurig darüber, dass sie dieses Wissen nicht mit ihnen teilen durfte. Sie wusste, dass ihr Vater recht hatte, aber er wusste trotzdem nicht, wie schön manche Dinge waren, die die Stults hatten. Die Elfe warf ihrem Bruder einen traurigen Blick zu, und dieser seufzte nur und presste seine kleinen Lippen zusammen.

Am nächsten Tag, sobald Beno in seiner Werkstatt
verschwunden war, verabschiedeten sich Bo und Bibbi von
ihrer Mutter und machten sich angeblich auf den Weg zur
Schule. Den ganzen Vormittag vertrieben sie sich die Zeit mit
Luka in seiner Baumhütte.

„Ich habe darüber nachgedacht, wie ich am einfachsten ans
Meer gelangen könnte."

Bo richtete sich auf und begann, aufmerksam zuzuhören.

„Wir finden eine Adresse am Meer und schicken ein Paket
dorthin. Ich werde ein bisschen Zeitungspapier zerknüllen
und ein paar Löcher bohren, damit du genug Luft hast. Wenn
die Post es dort ausliefert und jemand das Paket öffnet, kannst
du dich zwischen die Blätter schleichen. Du bist zu klein,
niemand wird dich bemerken. Und dann such dir ein Boot
aus, das dir am besten gefällt, und steig ein. Heute Abend
werde ich versuchen, eine passende Kiste zu finden und eine

Adresse im Internet zu suchen, wohin ich das Paket schicken kann."

„Was ist Internet?", fragte Bibbi erstaunt.

„Ah, das ist nur eine Möglichkeit zur Kommunikation zwischen Menschen über Signale. Du kannst mit Leuten auf der anderen Seite des Globus sprechen und sie sehen, ohne dein Haus zu verlassen."

„Wow!", waren sowohl Bruder als auch Schwester begeistert. Was können diese Stults alles? Und der Vater behauptet, sie seien dumm. Immer mehr schien es ihnen, dass die Elfen die primitiven und dummen Wesen waren, nur das wollten sie sich nicht eingestehen.

Bo stand da und kratzte sich am Kinn.

„Deine Idee ist gar nicht so schlecht. In dem Paket wird mich niemand von den Stulten bemerken, und es ist ziemlich sicher. Wie bist du nur darauf gekommen? Endlich wird mein Lebenstraum wahr."

„Hey, Luka, was machst du da? Bist du ganz verrückt geworden? Sprichst mit dir selbst wie eine alte Oma", ertönten Kinderstimmen unter der Holzschutzmauer.

Luka beugte sich über das Geländer und sah seinen kleinen Bruder und dessen besten Freund.

„Haut ab! Ich höre Musik und singe", rief er ihnen zu, um sie zu vertreiben.

„Du singst? Meine Oma kann das besser", verspottete der Freund seines Bruders.

Luka pflückte ein paar grüne Äpfel von einem Zweig, der über ihm hing, und begann, sie nach ihnen zu werfen.

Sie rannten davon, und Luka blieb wieder allein mit seinen Freunden. Sie sprachen darüber, wie schön es wäre, ihre beiden Welten zu verbinden und nur das Beste aus beiden zu nehmen, als sie durch ein Geräusch in der Ferne wieder in die Realität zurückgeholt wurden.

„Was ist das, Luka? Was passiert da?", fragte Bo den Jungen und holte sein Fernglas aus der Tasche, um in Richtung des Maulbeerwaldes zu schauen, aus dem das Geräusch kam.

Luka schaute ebenfalls durch sein Fernglas.

„Was sind das für Geräte? Wozu dienen sie?", fragte Bo neugierig.

Durch das Fernglas konnte man große Maschinen sehen, die sich wie Raupen bewegten. Sie wühlten um die Bäume, und überall, wo sie vorbeikamen, fielen die Bäume wie dünne Äste.

„Das sind Bulldozer. Sie roden den Wald, es sieht so aus, als würden sie Bäume herausreißen", antwortete Luka.

Sobald er hörte, dass die Bäume ausgerissen werden, sprang

Bo auf das Dach des Baumhauses, um den Wald besser zu beobachten.

Diese teuflischen Maschinen, die rauchten und lärmten, kamen immer näher zu dem jahrhundertealten weißen Maulbeerbaum in der Mitte des Waldes. In dem Elfen erwachte sein elfenhaftes Gewissen und das Gefühl, dass etwas Schreckliches geschah. Luka sah darin nichts Besonderes.

„Es sind nur ein paar Bäume, ich sehe nicht, warum du dir so viele Sorgen machst?"

„Nur ein paar Bäume? Dort ist der große weiße Maulbeerbaum, unsere Göttin! Die Mutter der ganzen Natur und alles, was auf der Welt existiert! Wenn sie ihn zerstören, wird es uns Elfen nicht mehr geben. Sie ist unsere Beschützerin."

Bei diesen besorgten Worten zuckte Luka ebenfalls zusammen und begann, mit größerer Aufmerksamkeit zu verfolgen, was in der Ferne geschah.

„Ich denke, es ist am besten, ich gehe dorthin und erkundige mich. Dann wissen wir zumindest, welche Absichten sie haben", sagte Luka und sprang sofort auf sein Fahrrad, um in Richtung des Waldes zu radeln.

Bo und Bibbi machten sich traurig auf den Heimweg.

„Sprich auf keinen Fall zu Hause darüber. Du erzählst alles, in dir kann sich nichts zurückhalten. Du wirst Mama und Papa nur unnötig beunruhigen", warnte ihn sein Bruder im Voraus. Sie hatten kaum die Schwelle ihrer kleinen Kürbishütte überschritten, als sie von ihren Eltern mit finsteren Gesichtern empfangen wurden, und neben ihnen saß niemand anderes als die Lehrerin Belda persönlich. Als sie eintraten, unterbrachen die drei ihre lebhafte Diskussion und wurden mit wütenden Blicken überschüttet. Sofort wussten sie, dass alles vorbei war, dass sie entdeckt worden waren. Welche Strafe sie nun erwarten würde, konnten sie sich nicht einmal vorstellen.

„Muss die Lehrerin zu uns nach Hause kommen, um zu sagen, dass ihr seit Wochen nicht in der Schule seid? Und wir waren überzeugt, dass ihr jeden Morgen direkt zur Schule geht. Ihr habt die ganze Blätter von den Bäumen für allerlei sinnlose Entschuldigungen vollgeschrieben. Na gut, Kinder, wo schleicht ihr den ganzen Tag herum? Verhält man sich so als zukünftige Wächter der Natur?", fragte ihr enttäuschter Vater, während sein Monokel von seinem Auge auf den Schoß rutschte.

„Bibbi, du bist älter, hast du etwas zu sagen?", fragte Bella. Bibbi errötete nur, ihr Gesicht war fast so rot wie ihr Haar.

Sie senkte den Kopf, und ihr Kinn hing herunter; am liebsten wäre sie in den Boden versunken.

„Du bist verantwortlich für deinen Bruder, solange du bei ihm bist. Du bist groß und solltest mehr Verstand haben", tadelte sie ihr Vater.

Bo trat vor sie in seinen zerschlissenen Hosen und mit Sandalen aus geflochtenem Laub. Er strich sich eine Strähne seines Haares hinter das spitze Ohr und schaute ohne einen Hauch von Angst seine Eltern und die Lehrerin an: „Bibbi ist nicht schuld! Lass sie aus allem raus. Sie ist nur mit mir gegangen, um auf mich aufzupassen. Sie wollte nur das Beste. Ich habe sie in das alles verwickelt."

„In was verwickelt?", riefen die Lehrerin und Bella gleichzeitig.

„Ich habe mich mit Luka angefreundet, dem Sohn unseres Gastgebers, des Stults. Ich gehe da schon seit Monaten hin. Und die Stults sind überhaupt nicht so böse und dumm, wie es alle in Bartolinien sagen. Wie könnten sie das wissen, wenn sich niemand von euch je getraut hat, ihnen nahe zu kommen und ein Wort mit ihnen zu sprechen?"

„Ahh!", riefen alle drei schockiert im Chor, und auf ihren Gesichtern spiegelten sich Angst und Entsetzen wider.

„Weißt du nicht, du Unglücksrabe, in welche Not und

Schande du uns hineingestoßen hast? Nichts von meiner goldenen Uhr und Lob von der Göttin Natura. Du hast alles ruiniert und für die nächsten hundert Generationen zerstört", schrie der Vater ihn an, während er sich mit den Händen auf den Tisch stützte.

„Bella, meine Liebe, mir ist nicht gut! Das ist schrecklich!", sagte er und ließ sich auf den Pilz unter sich fallen.

Bella rannte herbei, um ihm ein kühles Tuch auf die Stirn zu legen, während die Lehrerin ein großes Blatt nahm, um ihn zu erfrischen.

„Meine Kinder bei den verdammten Stults! Womit habe ich das verdient? Ich habe meinem Volk gedient, und jetzt ist alles umsonst. Alles ist den Bach runtergegangen. Mein Sohn, mein eigener Sohn, der mir so etwas antut?", sagte Beno und begann untröstlich zu weinen.

Bo sah ihn stillschweigend mit traurigen Augen an. Es schmerzte ihn im Herzen, seinen Vater weinen zu sehen. Er hatte Mitleid, fühlte aber auch, dass er recht hatte. Wenn die Leute in Bartolinien nicht so stur und eigensinnig wären, verzaubert von ihren Bräuchen, würden sie vielleicht die Welt um sich herum sehen und besser verstehen, wo ihre Fehler lagen und wo die der Stults. Die Mutter und die Lehrerin starrten ihn vorwurfsvoll an. Jetzt war er also für alles verantwortlich, für den Untergang ganz Bartoliniens. Nur weil er sich nicht von den Stults ferngehalten und das getan hatte, was alle Elfen seit ihrer Existenz taten. Vielleicht wäre es besser, zu gehen, damit ihn hier niemand schief ansieht? Vielleicht würde es für sie leichter sein, wenn er nicht jeden Tag vor ihren Augen war.

„Die Stults sind überhaupt nicht so schlimm. Sie haben viel mehr Möglichkeiten und Wege. Möglichkeiten, die wir Bartolini nicht haben. Sie sind echt cool!", konterte Bibbi den Angriffen.

„Cool? Na, schön, dass sie cool sind. Ich will niemals cool sein! Mir geht es auch so gut, ohne dass ich… nun ja… cool bin", antwortete ihm der aufgebrachte Vater mit zitternder Stimme vor Wut.

Bibbi bemerkte, dass Beno keine Ahnung hatte, was dieses Wort bedeutete, denn für ihn war es etwas ganz Neues, etwas, das keinerlei Berührungspunkte mit den Elfen und ihrer jahrhundertealten Tradition hat, ließ ihn Abneigung gegen dieses Wort spüren. Es überkam ihn die Angst, dass alles zusammenbrechen würde, dass nichts mehr gleich sein würde, wenn sich die Stults ihnen näherten. Und wie gefährlich die Stulten für sie sein können, darüber will er gar nicht nachdenken.

„Sogar ihre Worte sind dumm und sinnlos. Wie haben sie nur die Kinder gewonnen?", murmelte Beno halblaut.

„Jetzt geht sofort in euer Zimmer, und morgen sehen wir weiter, was wir tun. Bo! Das habe ich nicht von dir erwartet, du hast mich völlig enttäuscht, und ich hatte so viele Hoffnungen in dich gesetzt", sagte Beno und deutete ihnen mit der Hand in Richtung ihrer Zimmer.

Sie schlichen traurig und niedergeschlagen davon, die Augen auf den Boden gerichtet. Noch lange seufzten sowohl Beno als auch Bella unten im Raum, und es war schon sehr spät, als sich die Tür für den unerwarteten Gast schloss.

In dieser Nacht schlief Bo kein Auge zu. Fest entschlossen machte er sich auf den Weg, um sich einem Schiff anzuschließen, das um die Welt segelt. Was sollte er hier noch tun, wenn sein Vater ihn nicht einmal mehr sehen wollte? Er hatte alles ruiniert, ohne es gewollt zu haben. Er würde gehen, dann würde er sie nicht mehr mit seinen ständigen Ausbrüchen nerven. Es war noch nicht einmal Morgen, als er ein paar Sachen in ein Bündel packte, einen Knoten knotete und sich durch das Fenster schlich. Als er Lukas Haus näher kam, entdeckte er im Korb von Lukas Fahrrad eine kleine Pappschachtel. Er schaute hinein und sah, dass es genau so war, wie Luka gesagt hatte, mit ein paar Löchern an der Seite und zerknüllten Zeitungsblättern. Es war noch sehr früh, also beschloss Bo, sich in die Kiste zu kuscheln und zu warten, bis

Luka aufwachte, um ihn um Hilfe zu bitten. Da er die ganze Nacht kein Auge zugemacht hatte, war es angenehm und warm in der Kiste, und ihm fielen die Augenlider zu, bis er schließlich entspannte und einschlief.

Zwei Jungen rannten aus dem Haus und begannen, sich im Garten zu jagen. Einer kickte kräftig den Ball, der zufällig das Fahrrad traf, sodass es umkippte und das Paket auf das Gras rollte.

„Pass auf, wenn mein Bruder sieht, dass du sein Fahrrad umgeworfen hast, wird er dir mindestens drei Ohrfeigen geben", sagte Lukas Bruder zu seinem Freund.

Der Junge hob das Fahrrad auf: „Schau mal, was ist das für ein Paket hier?"

„Ich weiß nicht. Luka schickt bestimmt keine Pakete. Das hat sicher Mama gestern hier abgestellt und vergessen. Lass mich sehen, wo es hingeht. Es steht drauf, dass der Empfänger die Vereinigung der Schiffer ist und die Straße ist Zaljev Valsaline ohne Nummer, Pula", beobachtete der Junge das Paket von allen Seiten und band das Seil, das daran hing, zusammen.

„So, jetzt ist es gebunden. Es hat sogar eine aufgeklebte

Briefmarke. Ich habe keine Ahnung, wen Mama in Pula hat",
wandte er sich an seinen Freund und sah dann zufällig den
Postboten auf der Straße und rannte hinter ihm her.

„Onkel Postbote, Onkel Postbote, warten Sie einen
Moment!"

Das Fahrrad des Postboten quietschte, und er hielt an, um zu
sehen, wer ihn rief.

„Könnten Sie das Paket abholen? Ich glaube, Mama hat es
gestern vergessen, es zur Post zu bringen. Da Sie schon hier
sind?", bat ihn der Junge und reichte ihm das kleine Paket.

Der Postbote nahm das Paket in die Hände und, als er sah,
dass die Adresse darauf geschrieben und die Briefmarke
aufgeklebt war, sagte er: „Das ist nicht wirklich nach den
Regeln. Es sollte persönlich übergeben werden, aber lass es
gut sein, da ich schon hier bin, kennen wir uns gut und es ist
mir nicht schwer." Er zwinkerte ihm zu und schob das Paket
in seine große schwarze Tasche und fuhr die staubige Straße
hinunter.

Zur selben Zeit saßen Bella und Beno am Küchentisch und
stocherten mit der Gabel im Teller. Keiner von ihnen hatte
Appetit. Und wie könnten sie auch, sie hatten immer mit
ihren Kindern gefrühstückt und jetzt saßen sie hier allein.
Bella wurde unruhig und sagte: „Beno, auch wenn sie schuld

sind, können wir sie nicht hungrig lassen. Ich gehe, um sie zu wecken, damit wir gemeinsam frühstücken und in Ruhe mit ihnen über alles sprechen können."

Beno war froh darüber, denn auch ihm tat es leid, dass die Kinder hungrig in ihren Zimmern lagen, aber er wollte nicht als Erster vor seiner Frau nachgeben. Er war das Oberhaupt der Familie und musste Autorität vor ihnen haben. Es wäre völlig unangemessen, in einem Moment der Schwäche nachzugeben. Und jetzt, so am Tag, schien es ihm, dass vielleicht doch nicht alles so schlimm war wie gestern, als sie im Dunkeln warteten, dass sie zurückkamen, wer weiß von wo. Es war schon Mittag, und keiner der beiden zeigte sich aus seinem Zimmer.

„Vielleicht waren wir zu streng? Vielleicht haben wir sie doch ungerecht beschuldigt?", dachte er bei sich und konnte kaum warten, bis Bella die Treppe hinaufging.

Bella hielt vor Bibbis Tür an und klopfte sanft. Sie ging ohne auf eine Antwort zu warten hinein und fand Bibbi, die noch schlief. Sie setzte sich neben sie aufs Bett und strich sanft über ihr unbändiges, rotes Haar. Bibbi öffnete die Augen, setzte sich abrupt im Bett auf und umarmte ihre Mama unter Tränen. Bella überkam die Traurigkeit, dass sie sie so hart angegriffen hatten, ohne ihnen die Möglichkeit zu geben, sich zu verteidigen. Sie schickte sie nach unten, um zu frühstücken, und klopfte dann an Bos Tür. Doch aus dem Zimmer kam kein Laut, und sie öffnete die Tür und sah das leere Bett.

„Bo! Beno, Bo ist nicht in seinem Zimmer!", rief Bella, sichtbar aufgeregt.

Bibbi und Beno rannten die Treppe hinauf und fanden sich im Nu hinter ihrem Rücken wieder. Beno hob die dünne Decke an und fühlte das kalte Bett.

„Bo ist schon seit Stunden nicht hier, er ist schon vor einer Ewigkeit weggelaufen. Wenn ihm etwas passiert, werde ich mir das niemals verzeihen," murmelte er und ließ sich verzweifelt aufs Bett fallen.

„Ich weiß, wo er sein könnte", sagte Bibbi, und sie schauten beide neugierig zu ihr.

„Er ist bestimmt zu Luka gegangen. Ich meine zu dem Stult, mit dem er sich... na ja, anfreundet", murmelte sie schüchtern und senkte verlegen den Blick.

„Dann lass uns gehen! Was wartest du?", sagte der Vater und hatte Angst, dass Bo etwas Dummes anstellt oder ihm etwas Schreckliches passiert.

„Wir sollen zu den Stults gehen?", fragte Bibbi, ungläubig ihren Ohren.

„Ja, komm schon, komm schon! Mach keine Spielchen, sondern geh! Wer weiß, wo er ist und was er jetzt macht? In seinem Alter machen die Elfen allerlei Unsinn", sagte der Vater, während er seinen grünen Anzug über die kurzen Hosen und gestreiften Strumpfhosen zog und schnell die Treppe hinunterging. Bella schnappte sich am Eingang ihren Spitzenregenschirm und sie machten sich über den Hof auf den Weg zu Lukas Haus. Beno blieb in der Nähe des Hauses stehen, und hinter ihm lugte Bellas Kopf hervor. Dahinter schaute auch Bibbi, um zu sehen, warum sie stehen geblieben waren.

„Was wartest du? Sie haben außer einem alten Kater keine anderen Tiere", flüsterte Bibbi, um ihren Vater zu motivieren. Er pustete einmal aus seinen runden Wangen, unsicher, ob sie sich sicher bewegen konnten, gab aber schließlich nach und winkte mit den Händen in Bewegung. Sie rannten über den Hof und schlichen sich durch die angelehnte Tür ins Haus. Beno hielt einen Moment inne, um sich umzusehen, was es alles im Haus eines Stultus gibt. Bella klebte direkt hinter ihm und legte ihr Kinn auf seine Schulter. Alles sah genau so aus, wie sie in der Schule gelernt hatten. Sogar die Möbel sahen aus wie in den Schulbilderbüchern. Einzigartig war, dass sie all dies noch nie live gesehen hatten.

„Bella!", flüsterte Beno und drehte leicht den Kopf zu ihr.

„Was ist?", fragte sie ihn, in dem Glauben, dass er etwas Ungewöhnliches bemerkt hatte.

„Geh mir nicht auf die Nerven und atme mir nicht so dicht in den Nacken! Ich kann die Geräusche wegen deines aufgeregten Atems nicht hören."

„Oh! Entschuldigung", sagte sie verwirrt und zog ihr Bein von seinem. Nervös strich sie sich eine rote Haarsträhne hinter ihr spitzes Ohr, das von einem getrockneten Schmetterlingsflügel geschmückt war. Beno begann, einen Fuß vor den anderen zu setzen, gebückt und ständig um sich blickend. Er hob seine Beine ungewöhnlich hoch, wie jemand, der über Wasser geht, um nicht die Hosenbeine nass zu machen. Bella, die nicht wusste, wie sie sich in dieser Situation verhalten sollte, bemühte sich, ihn in jeder Bewegung nachzuahmen. Nur Bibbi ging entspannt mit den Händen in den Taschen durchs Haus. Beno schob seine runden Brillengläser mit dem Finger auf die Nasenspitze, um besser zu sehen, wohin sie weiter gehen sollten. Außer den Möbeln im Raum war nichts und niemand da.

Bibbi trat vor ihn: „So werden wir nie ankommen. Die Familie von Luka ist nicht zu Hause, und er schläft in seinem Zimmer. Kommt hinter mir her", sagte sie und winkte ihnen mit der Hand, dass sie ihr folgen sollten.

Sie schlüpfte durch den Türspalt und Bella und Beno folgten ihr. Im Zimmer war es dämmerig, obwohl es bereits Tag war. Auf dem Bett sahen sie einen Jungen, der tief schlief, aber das hinderte sie nicht daran, große Angst zu empfinden.

„Dort, schau, stuuuult!", flüsterte Beno Bella mit zitternder Stimme zu.

Auch sie wurde von Angst ergriffen und begann zu zittern, erinnerte sich aber, dass Bo vielleicht in Gefahr war, und schlich geschickt ans Bett und beugte sich über die Wange des schlafenden Jungen. Die drei standen hintereinander aufgereiht, und ihre Haare vermischten sich zu einem roten Busch. Bella stich ihn mit ihrem Regenschirm ins Gesicht: „Steh auf, du unhöfliches Kind eines Stults. Hör auf, da zu liegen, sag mir, wo Bo ist!", rief sie ihn an.

Aber Luka schlief weiter, rührte sich nicht einmal.

Beno errötete vor Wut und trat ihn dreimal mit seinem spitzen Elfen-Schuh ins Gesicht. Luka öffnete die Augen, aber seine Augenlider fielen wieder zu. Die drei starrten ihn ununterbrochen an. Luka öffnete plötzlich die Augen und sprang im Bett auf.

„Ahh!", riefen sie alle drei und traten einen Schritt zurück. Beno und Bella hoben die Arme, um sich mit ihren Oberarmen zu schützen.

„Bibbi, bist du das? Sind das deine Eltern? Cool!", rief der

Junge schläfrig und rieb sich die Augen mit seinen Händen. Auf das Wort „cool" drehten sich beide Elternteile zu Bibbi und sahen sie böse an. Sie senkte nur den Blick verlegen.

„Du, Kind eines Stults, wir sind nicht hierher gekommen, um mit dir zu plaudern, sondern um Bo zu finden. Wo hast du ihn versteckt, was hast du mit ihm gemacht?", fragte Bella bestimmt, stolz und irgendwie aufrecht stehend.

„Bo? Ich habe Bo seit gestern nicht gesehen. Warum, ist ihm etwas passiert?", fragte Luka überrascht.

Als Bella bemerkte, dass auch der Junge nicht wusste, wo ihr Sohn war, brach sie plötzlich in untröstliches Weinen aus. Beno umarmte sie und begann, ihr sanft den Rücken zu klopfen, um sie zu trösten. Luka wachte nun vollkommen auf, zog schnell Shorts und ein T-Shirt an und rannte im Haus umher, um ihn zu suchen. Aber er war nirgends zu finden. Er schaute sogar in die Baumhaus-Hütte, aber er war nicht zu finden.

„Ich habe keine Ahnung, wo er sein könnte", sagte der Junge niedergeschlagen, und Bella begann noch mehr zu schluchzen.

„Du, Kind des Stults, du bist an allem schuld! Wäre es nicht für dich, würde Bo jetzt ruhig zu Hause sitzen, und alles wäre in Ordnung", warf Beno ihm bitter vor.

„Papa, er hat nichts falsch gemacht. Bo ist hierher gekommen, weil er das mochte. Hier war er glücklich", antwortete das

Mädchen ihm.

Beno sah sie mit einem Blick voller Traurigkeit und Unverständnis an. Kann ein Bartolin sich irgendwo glücklich fühlen, außer bei seinen eigenen Leuten und zu Hause? Aber das war nun einmal so, und er konnte sich nicht erklären, wie es dazu gekommen war. Kann sein Sohn sich irgendwo besser fühlen als unter seinen Elfen? Als er am Fahrrad vorbeiging, bemerkte Luka, dass die Kiste, die er gestern dort vorbereitet hatte, nicht mehr da war. Er schaute überall, aber die Kiste war verschwunden wie der Nebel in der Sonne.

„Verdammt!", fluchte der Junge. „Entschuldigung!", wandte er sich an Bo's Eltern.

„Gestern habe ich ein Paket vorbereitet, das ich Bo ans Meer schicken wollte, aber das Paket ist nicht mehr hier. Als hätte es die Erde verschluckt. Ich bin mir sicher, dass Bo die Kiste gesehen hat und sich in sie gesetzt hat."

„Bo ist zum Meer gegangen! Unser Sohn ist ohne uns darüber zu informieren ans Meer gegangen? So wortlos und ohne Abschied! Oh Beno, mach etwas!", schluchzte Bella, ohne zu wissen, was mit ihrem Sohn passiert war.

In der Ferne hörte man das Quietschen des Tores, und Luka griff schnell alle drei und steckte sie in die Tasche seiner Shorts. Beno wollte sich gerade beschweren, als Bella ihn mit einem Finger auf den Lippen zum Schweigen brachte.

„Hast du vielleicht diese Kiste gesehen, die auf meinem Fahrrad stand?", fragte Luka seinen Bruder, der vorbeikam.

„Kiste? Ja, die Kiste, die Mama auf dem Fahrrad gelassen hat", antwortete er ihm.

„Mama, was hat Mama damit zu tun? Das ist nicht wichtig, ich brauche die Kiste dringend. Gib sie mir zurück, wo hast du sie gelassen?", bombardierte er den Jungen mit einer Flut von Fragen.

„Was soll ich mit dieser Kiste? Der Postbote kam vorbei, also habe ich sie ihm gegeben", antwortete der Junge.

Luka seufzte, und Bella und Beno schrien aus der Tasche.

Als der Junge das seltsame Geräusch hörte, drehte er sich um, und Luka hielt sich die Hand vor den Mund und begann so zu tun, als ob er hustete.

„Warum redest du so auf die Kiste ein? Was wolltest du nach Pula schicken?", fragte der Junge neugierig seinen Bruder.

„Ich wollte nichts, ich wollte nur etwas für meinen Freund schicken", murmelte Luka verwirrt.

Sobald sein Bruder ins Haus gegangen war, schnappte Luka sich blitzschnell das Fahrrad und raste zur Post.

„Wir gehen zur Post, vielleicht kann ich die Lieferung noch stoppen", sagte Luka, während er die kleine Tasche öffnete.

Sie ruckelten hin und her, während der Junge in die Pedale trat.

„Wir werden das durchstehen, nur damit unser Bo nach Hause zurückkommt", murmelte Beno gereizt und versuchte, sich mit beiden Händen an den Wänden der Tasche festzuhalten.

Als Luka vor der Post ankam, sprang er von seinem Fahrrad, warf es einfach auf den Boden und rannte hinein.

„Hey, Junge, wie ist das für ein Verhalten?", rief eine ältere Dame ihm nach. „Fährt man so im Verkehr? Schau dir nur an, wie du auf dein Fahrrad achtest. Arme Eltern hast du."

Luka ignorierte die Frau und schlüpfte durch die lange Schlange zum Schalter.

„Hey, Junge! Wir warten alle auf unseren Platz. Stell dich hinten in die Schlange, wie es sich gehört, und warte auf deinen Platz!", protestierten die Leute, die ebenfalls am Schalter warteten.

Luka stellte sich ungeduldig ans Ende der Schlange und spähte hinter sich, um zu sehen, wer an der Reihe war.

„Ich bin der zehnte in der Reihe. Das geht schnell", sagte Luka und öffnete kurz seine Tasche, um sie zu informieren, was los war.

„Na und, ich bin der neunte. Denkst du, die Dame am Schalter wird schneller arbeiten, wenn du das laut aussprichst?", fragte ihn der Mann vor ihm in der Schlange. „Ich spreche nicht mit mir selbst, sondern mit...", sagte er und hielt inne. Es war besser, zu schweigen, wenn sie schon dachten, dass er verrückt ist, weil er mit sich selbst redete. Was würden sie denken, wenn er ihnen sagte, dass er mit Elfen spricht? Die Schlange bewegte sich kaum. Es schien, als hätte sich die Schlange am Boden vor dem Schalter festgesetzt.

Jedes Mal, wenn Luka hörte: „Guten Tag, wie kann ich Ihnen helfen?", zählte er eins weniger.

Bella war ungeduldig, weil sich so lange nichts tat. Jede Sekunde war wichtig, um ihren Sohn zurückzubekommen. Sie nahm ihren spitzen Sonnenschirm und stach ihn ihm ins Bein. Luka stöhnte auf und griff sich ans Bein. Alle schauten ihn an und schüttelten missbilligend den Kopf.

„Diese ungeduldige Jugend von heute", murmelte eine alte Dame aus der Reihe. „Ich kann mit meinen achtzig Jahren stehen und geduldig sein, und er mit seinen zehn kann das nicht. Gedulde dich, Bursche, das ganze Leben liegt noch vor dir."

Luka lächelte nur sauer. Was sollte er der alten Dame dazu sagen? Sie wusste nicht, welche Sorgen ihn quälten.

Nach mehr als einer halben Stunde kam endlich Luka auf die Reihe.

„Guten Tag, was…", sagte die Schalterbeamtin, aber Luka unterbrach sie mitten im Satz.

„Ich brauche mein Paket zurück. Mein Bruder hat es heute Morgen versehentlich dem Postboten übergeben. Ich bitte Sie, danach zu suchen und es mir zurückzugeben", bat der Junge.

Die Frau sah ihn skeptisch über ihre Brille hinweg an: „Auf welchen Namen lautet das Paket?"

Er nannte ihr den Namen und die Adresse, auf die das Paket gesendet werden sollte. Sie gab die Daten in den Computer ein und fand das Paket unter einer Nummer.

„Ist deine Mama hier oder jemand, der einen Ausweis hat?", fragte sie ihn.

„Nein, das Paket wollte ich schicken, aber ich habe es mir anders überlegt", sagte er zu ihr.

„Nun gut, wenn du es dir anders überlegt hast, warum hast du es dann abgegeben?", fragte sie neugierig.

„Ich habe es nicht selbst abgegeben, sondern mein Bruder. Er wusste nicht, dass es meins ist, er dachte, es wäre das meiner Mutter."

Sie beugte den Kopf zu ihrer Kollegin und flüsterte ihr etwas zu.

Die Kollegin rief jemanden an und sagte ihm, er solle zur Seite treten. Luka stellte sich zur Seite, bewegte sich aber nicht vom Schalter weg.

„Was ist jetzt los, was passiert?", rief Beno ihm aus der Tasche zu.

Luka öffnete seine Tasche und sagte zu ihm: „Hab Geduld, ich muss noch ein bisschen warten."

Die Schalterbeamtin sah ihn böse an und dachte, dass er sich auf ihre Kosten herausredet. Gerade in diesem Moment kam der Postbote mit seinem Paket in der Hand vorbei. Er beugte sich über die Beamtin und flüsterte ihr etwas ins Ohr.

„Was für kleine Schlingel seid ihr denn? Deine Mama wollte ein Paket senden, und es wird auch zugestellt, mach dir darüber keine Sorgen", sagte der Postbote mit einem Lächeln, während er das Paket in der Hand hielt.

„Nein, ihr müsst es mir zurückgeben! Es darf nicht nach Pula gehen!"

„Nein, nein. Dein Bruder hat gesagt, dass es deine Mama verschickt. Also ohne Ausweis und deine Mama können wir nichts tun. Wenn sie es sich anders überlegt hat, soll sie die Rücksendung beim Empfänger anfordern. Und hier ist der Transporter bereit, die heutigen Pakete abzuholen", sagte sie und schlug den schweren Metallstempel auf das Paket, während der Postbote es in den offenen Transporter legte.

„Nein!", rief der Junge.

Der Postbote winkte ihm mit einem Lächeln zu, und die Schalterbeamtin bat ihn, sich vom Schalter zu entfernen.

Die Türen des Transporters schlossen sich und er fuhr staubaufwirbelnd die Straße hinunter. Der Junge griff sich nervös und wütend in die Haare, während alle in der Post ihn mit Verwunderung anstarrten.

„Armer Junge, mit ihm stimmt etwas nicht", flüsterten die Leute in der Schlange.

Luka trat hinaus und trat wütend gegen sein Fahrrad, bevor er sich neeben es auf den Beton setzte.

„Hey, Stult, was ist los? Hast du Bo retten können?"

Jetzt erinnerte sich Luka wieder, dass sie in seiner Tasche waren, und informierte sie, dass er nichts tun konnte.

Während er lustlos nach Hause fuhr, hörte er Bella weinen und Beno fluchen, während er versuchte, sie zu trösten.

„Und was machen wir jetzt? Du hast das alles angerichtet, finde eine Lösung!", sagte Beno wütend, als er sie auf seinen Schreibtisch legte.

Luka setzte sich an den Tisch und begann, auf einen Punkt zu starren. Von wo sollte er anfangen, wusste er selbst nicht.

„Nun gut, wo hast du ihn hingeschickt? Lass uns von dort

anfangen", versuchte Beno ihn zu drängen.

Er sprang auf, schaltete seinen Computer ein und fand im Handumdrehen eine Seite mit einer Karte, um ihnen zu zeigen, wo sie jetzt waren und wohin Bo reiste.

„Oh, das ist so unbeschreiblich weit", schluchzte Bella und wischte sich die Nase mit einem Taschentuch aus Vergissmeinnichtblüten ab.

„Wir werden unseren Sohn niemals wiedersehen", sagte sie untröstlich und drückte ihr Gesicht in Benos grünen Frack.

„Es wird alles gut. Mach dir keine Sorgen. Bo ist ein geschickter Elf. Er hat sicher etwas von uns gelernt", versuchte er, sie zu trösten, war sich aber selbst nicht sicher, ob er die richtigen Worte fand.

Während sie versuchten, sich zu überlegen, was sie als Nächstes tun sollten, ruckelte Bo in seiner Pappbox. Das Fahrzeug hatte die Grenze schon lange überschritten, als er aus seinem tiefen Schlaf erwachte. Zunächst wusste er nicht, wo er war, aber dann erinnerte er sich schnell daran, dass er in die Box in Lukas Garten gestiegen war. Er wollte nach draußen, aber der Deckel war wie festgeklebt und er konnte ihn nicht einmal ein bisschen bewegen.

„Hm, was soll ich jetzt tun? Soll ich warten, bis Luka mich findet? Wer weiß, wann er kommt?", dachte er und kletterte über die Falten der Zeitung zu den kleinen Luftlöchern. Er sah, dass er sich in einem geschlossenen Raum voller Kisten und Pakete befand, und es wurde ihm schnell klar, dass er nicht mehr im Stults Garten war.

„Oh! Was soll ich jetzt tun? Wer weiß, wohin dieses Ding fährt?", machte sich Bo Sorgen, da er nicht wusste, wie er überhaupt in das Fahrzeug geraten war.

Er ließ sich auf den Boden der Box nieder und fand unter zerknüllten Zeitungen einige Apfelstücke und ein paar Blumen aus dem Garten, die voller Pollen waren.

„Gut, wenigstens habe ich etwas zu essen und zu trinken, bis ich ans Meer komme", dachte Bo und spähte durch die Löcher der Box, in der Hoffnung, dass er tatsächlich dorthin reiste. Im Transporter waren zahlreiche Kisten und Pakete verschiedener Größen. Sogar ein Plastikkäfig mit einer dicken, bunten Katze war drin.

„Ich kann es kaum erwarten, am Meer anzukommen und auf das erste Schiff zu klettern", verspürte Bo ein unbekanntes Verlangen in sich.

„Zu Hause wird mich sowieso niemand vermissen."

Der Transporter raste die ganze Nacht entlang endloser gelber Sonnenblumenfelder, Eichenwälder und Gebirgsflüsse.

Am Morgen wurde der Elf von seltsamen Geräuschen geweckt. Geräusche, die er noch nie zuvor gehört hatte.

Schnell kletterte er die Box hinauf und spähte durch die Löcher. Durch das Fenster des Fahrzeugs strahlte die Morgensonne. Der Wind brachte die Schreie der Möwen von der kalten und ruhigen Meeresoberfläche. Der Klang schwerer Ketten durchbrach die Luft, gefolgt von dem Pfiff eines Matrosen. Ein Schiff hob seinen Anker und machte sich auf den Weg zur offenen See. Es dauerte nicht lange, da waren alle Pakete in das kleine Gebäude der Stadtpost gebracht worden. Wendige Hände verteilten die Pakete in die Stadtteile, und auch sein Paket wurde geschüttelt und landete in der Tasche eines Postboten. Er übergab das Paket an die Reederei, wo es sofort von zwei Händen mit rot lackierten Nägeln geöffnet wurde. Während die Sekretärin ans Telefon ging, nutzte Bo die Gelegenheit und schlüpfte unbemerkt aus der Box und rannte zur noch schlafenden Küste.

„Was ist das? Was für ein blöder Scherz? Uns sind aus dem Ausland irgendwelche Zeitungen angekommen", sagte die Sekretärin und begann, die zerknüllten Blätter durchzublättern, bevor sie das Paket in den Müllkorb warf.

Bo hielt sich die Hand vor die Augen. Das ungewohnt helle Licht blendete ihn zunächst, aber seine Augen gewöhnten sich schnell an den starken Sonnenstrahl. Vor ihm lag die Betonpier und eine Reihe großer Schiffe, die an der Küste festgemacht waren. Ein Schiff war größer als das andere, eines schöner als das andere. Bo weitete die Augen und für einen Moment trübten sich seine Sicht vor Tränen. So eine Schönheit konnte er sich nicht einmal vorstellen. Im Fernsehen war es nicht annähernd so schön wie in echt. Dieser warme Wind, der Geruch von Salz und Algen. Alles war so unbeschreiblich bezaubernd.

„Oh, wären sie nur hier, um das jetzt zu sehen", seufzte er traurig und bedauerte immer noch, sie so enttäuscht zu haben, dass sie ihn nicht mehr sehen wollten. In diesem Moment konnte Bo nicht ahnen, wie sehr sie ihn vermissten und wie sehr sie sich um ihn sorgten. Er schlenderte entlang der Marina unter dem Schatten rosa Oleander und betrachtete besonders ein großes weißes Schiff. Es hatte vier riesige, aufgespannten Segel, die im Wind blähten.

„Das ist mein Schiff!", rief er begeistert, und seine Pupillen wurden vom Glanz der Segel weiß.

Er warf das Bündel auf den Rücken und kletterte an dem dicken Seil, mit dem das Schiff an einem riesigen Metallpfeiler am Ufer festgemacht war. Auf dem Deck liefen die Matrosen hastig in weißen Anzügen und mit Mützen auf dem Kopf umher, an denen ein zweigeteilter, marineblauer Band hinten herabhing. Ein Dutzend von ihnen zogen das dicke Seil aus dem Wasser, bis sie es schließlich auf das Deck hoben. Einer der Matrosen rannte die geflochtenen Taue hinauf zum

Ausguck, von wo aus man weit auf die offene See blicken konnte. Er zog ein Fernglas hervor und begann, die Weiten vor sich zu beobachten. Bo gefiel dieser Ort, und er beschloss, dort die Nacht zu verbringen. Alles sah genau so aus wie bei Luka im Fernsehen, nur war es in echt noch viel schöner und aufregender.

„Jetzt bin ich ein Matrose. Ich werde über die Meere segeln und den ganzen Tag an der frischen Luft und in der Sonne verbringen. Keine Schule mehr, keine langweiligen Kürbisse und keine Überwachung durch meinen Vater", dachte der kleine Elf.

Immer noch etwas unsicher, ob er das Richtige getan hatte, kletterte er nach oben und verkroch sich in einen Spalt am Mast. Wie weit man hier sehen kann! Der Blick reicht bis zum Horizont, wo sich das Blau des Himmels und des Wassers vereint. Obwohl er versuchte zu erkennen, wo der Himmel begann und das Meer endete, konnte Bo das nicht bestimmen. Mit aufgewühlten Gefühlen, glücklich darüber, dass sein größter Traum wahr geworden war, und gleichzeitig unglücklich, weil ihn seine Eltern nicht verstanden, fiel er erschöpft von der Reise in einen tiefen Schlaf. Das Schiff machte sich langsam auf den Weg zur offenen See, und man hörte nur das Brummen des Motors und das Schäumen des Wassers hinter dem Schiff. Durch seinen Schlaf hindurch schien es ihm, dass das Schiff schaukelte, und ihm wurde schwindelig. Er wurde von der tiefen Stimme der Schiffssirene geweckt.

Bo lugte aus seinem Versteck und sah das Schiff, wie es auf den riesigen Wellen schaukelte. Der Bug des Schiffs tauchte mal in den weißen Schaum, mal stieg er auf die Spitze der Wasserwelle. Die Matrosen rannten über das Deck, und etwa zehn von ihnen zogen an langen Seilen, um die Segel zu setzen und das Schiff im Sturm etwas zu beruhigen. Bo musste sich mit beiden Händen am Mast festhalten, um nicht aus dem Loch zu fallen. Das kalte Wasser spritzte ihm ins Gesicht, und seine Augen brannten vor Salz. Bo hatte noch nie das natürliche Salzwasser gefühlt. Jetzt verstand er, was sein Vater meinte, als er sagte, dass Salzwasser den Pflanzen und Kürbissen nicht gut tut. Eine aufgeregte Schar Möwen umkreiste den Ausguck, und einige landeten auf den hölzernen Masten. Das Schiff raste mit halsbrecherischer Geschwindigkeit mal nach oben, mal nach unten, und Bo verspürte ein seltsames Unwohlsein im Magen und Kopf. Er wurde grün und gelb und rutschte in den Korb des Ausgucks und übergab sich dort.

„Was ist los, Junge, verträgst du den Sturm nicht?", fragte eine krächzende Stimme.

Bo sammelte seine letzte Kraft, drehte den Kopf zu der Stimme und sah die weiße Möwe.

„Das Meer ist nicht für jeden", wiederholte der Vogel, aber Bo antwortete ihm auch jetzt nicht.

Das Schiff prallte gegen eine Wasserwelle, die so hoch war, dass er sie nicht durchbrechen konnte; die dunkelgrünen Wellen rollten über das Deck und zogen einige Matrosen mit sich. Die Schiffssirene heulte, und ein Matrose rief: „Leute, weg vom Deck, Leute, weg vom Deck!"

Bo hob den Kopf, um zu sehen, was unten vor sich ging, aber in einem Moment der Unachtsamkeit rutschte seine Hand über die nasse Kante. Schneller, als er darüber nachdenken konnte, fiel er ins kalte Wasser. Als er durch das Wasser sank, sah er nichts um sich herum. Es war bereits tiefste Dunkelheit, und das Salz brannte in seinen Augen. Nach einiger Zeit hörte er auf, in die Tiefe zu fallen, und das Wasser begann, ihn nach oben zur Oberfläche zu treiben. Die aufgewühlten Wellen schleuderten ihn von einem Ende zum anderen und spritzten ihm alle paar Sekunden über den Kopf. Vergeblich strampelte und rief er aus dieser düsteren Masse, konnte sich ohne Hilfe nicht befreien. Bald fühlte er eine unbeschreibliche Müdigkeit. Er konnte nicht gegen das Wasser-Ungeheuer ankämpfen, das ihn erdrückte und ihm die letzte Kraft aus seinem Körper saugte. Bo sah drei rote

Rettungsringe, die den Matrosen ins Wasser geworfen wurden, aber sie waren zu weit entfernt, um auch nur einen von ihnen zu erreichen. Als er diesen Kampf und die Angriffe der riesigen Wellen, die unaufhörlich wüteten, nicht mehr aushalten konnte, schloss er einfach die Augen und gab sich der schwarzen Wasserfläche hin. Er war kaum ins Wasser gesunken, als er fühlte, dass ihn etwas packte und hinter sich her zog. Zuerst dachte er, dass ihn ein Fisch gepackt hatte, aber als er die Augen öffnete, sah er denselben Möwe, der ihn auf dem Mast angesprochen hatte. Die Möwe ließ ihn im Ausguck los, und er hustete und spuckte das gesamte Wasser aus sich heraus.

„Du musst vorsichtig sein, das Schiff ist etwas ganz anderes als das Land", sagte die Möwe und starrte ihn neugierig an. „Welche Winde haben dich hierher gebracht? Ich nehme an, du bist nicht von hier", wiederholte der Vogel und wartete auf eine Antwort.

„Natürlich bin ich das nicht", antwortete der Elf, während er sich auf seine Hände stützte, während das Wasser aus seinen Haaren tropfte.

„Das habe ich mir gedacht. Mit deinen roten Haaren hätten dich bis jetzt entweder Fische oder Vögel gefressen. Wenn du hier überleben willst, musst du dein Haar zusammenbinden

und so unauffällig wie möglich sein", riet ihm der weise
Vogel.

„Das ist schrecklich, ist es jede Nacht so?", fragte der Elf
besorgt.

„Nein, nur wenn ein Sturm von der anderen Seite der
Meeresküste aufkommt. Ansonsten ist es ruhig und
wunderschön zum Fischen", kreischte der weiße Vogel.

„Ich habe mich schon an diese Unwetter gewöhnt, für mich
ist das nichts. Aber für dich wäre es besser, wenn du zurück
an Land gehst. Du hast den Test für einen Matrosen nicht
bestanden."

„Welchen Test?", fragte Bo, während er sich die Haare am
Hinterkopf band.

„Wer den ersten Sturm übersteht, ohne dass ihm übel wird,
der kann Matrose sein, und die anderen sollten es besser
lassen. Das Leben auf See ist nicht einfach. Glühende Sonne
und starke Winde, kaltes Wasser. Auf dem offenen Meer gibt
es weder Land noch einen Baum. Nur Einsamkeit und
Gedanken, die dich zu denen zurückbringen, die du liebst,
und zu dem Ort, an dem du immer glücklich warst", erklärte
die Möwe.

Bo dachte darüber nach und verspürte Traurigkeit, weil er an seinen Vater, seine Mutter und Bibbi dachte, sogar an Luka, mit dem er so viele schöne Momente verbracht hatte. Hatte er seine Kräfte überschätzt? Vielleicht ist es auf dem Schiff nicht so schön, wie er es sich vorgestellt hatte? Das Schiff war wirklich schön und prächtig, aber diese riesigen, wütenden Wellen, das war wirklich nichts für einen Elf aus der Ebene. Aus der weiten und grünen Ebene, wo die goldenen Köpfe der Sonnenblumen bis zum Horizont reichen. Zum ersten Mal in seinem Leben fühlte Bo einen Schmerz in seinem Herzen. Er spürte, wo er wirklich hingehörte, und erst jetzt war ihm die Aufgabe bewusst, für die ihn die Natura bestimmt hatte.

„Ist es nicht ein noch größeres Abenteuer, einen ganzen Planeten vor dem Untergang zu bewahren, vor nachlässigen und böswilligen Menschen, vor Naturkatastrophen? Alles zu ordnen und zu verschönern, damit die Natur aufatmen und ihre Kräfte erneuern kann, um neu zu atmen. Wer wird sich um die Natur kümmern, wenn er nicht mehr da ist, und er und alle seine Altersgenossen beschließen, in die weiße Welt abzutreiben und auf Schiffen zu segeln, die höchsten Berggipfel zu erklimmen?"

Bo erkannte jetzt, wie schwer und anstrengend die Mission seines Vaters war, der den ganzen Tag in dieser kleinen Ecke sitzt und Samen sortiert, um Exemplare für die nächsten Generationen zu erhalten. Er war ihr Hüter, falls in der Natur etwas schiefging. Beno war derjenige, der vor der Natur das letzte Samenkorn des Lebens bringen würde, damit es wieder keimt, wächst und sich entwickelt. Wie edel ist das! Wie großzügig und selbstlos von ihm! Während andere gnadenlos alles um sich herum zerstören, sitzt er geduldig den ganzen Tag und sortiert Samen für die Zukunft. Erst jetzt, in diesem Moment, verstand er die Bedeutung und das Gewicht der Mission seines Vaters und verspürte unermesslichen Stolz und tiefe Treue in sich. In Bo schlug das Herz des Elfen, und plötzlich brannte es an zwei Stellen auf seinem Rücken.

„Aua!", rief er vor unangenehmem Stechen.

„Was ist los, was ist passiert?", fragte ihn die Möwe.

„Ich weiß nicht, vielleicht habe ich mich irgendwo gestoßen, als ich ins Wasser fiel, und jetzt tut mir der Rücken weh. Aber das ist nichts, kannst du mich vielleicht ans Ufer bringen? Ich glaube, ich werde nach Hause zurückkehren", bat Bo.

Die Möwe befahl ihm, auf ihren Rücken zu klettern und sich fest an den Federn auf ihrem Rücken festzuhalten. Bo schlüpfte zwischen die beiden Flügel und griff ein paar warme Federn. Kaum hoben sie in den Himmel ab, wurde die Möwe von einem starken Wind von hinten geschoben. Obwohl es schien, dass der Wind seinen Weg zum Ufer erleichtern würde, warf der Sturm sie von links nach rechts, von oben nach unten, und der Meeresvogel benötigte immense Kraft, um in der Luft zu bleiben. Bo hielt sich noch fester an den Federn, und mit großer Mühe erreichten sie das Ufer.

Dort ließ sich die Möwe einfach auf den Betonpier fallen und sah mit schwerem Atem auf den Elf.

„Sieh, wir haben es geschafft!", sprach der Vogel.

Während Bo auf dem Boden lag und versuchte, sich auszuruhen, verzweifelten Bella und Beno weit weg in der Pannonischen Tiefebene.

„Sieh, dieser Schlingel hat nichts gelöst. Er wusste nur, wie man ein Paket so weit verschickt, und jetzt weiß ich nicht, wie er uns unseren Sohn zurückbringen kann", klagte Beno laut, während er seine Frau in den Armen hielt und sie tröstete. Bella weinte ununterbrochen und vergoss Tränen, untröstlich und verzweifelt.

Während sie so mit ihren Sorgen beschäftigt waren, schlich sich Bibi langsam durch das Fenster. In kürzester Zeit erreichte sie Lukas Haus, kletterte geschickt an einer Kletterpflanze hoch und sprang in sein Zimmer. Sie erwischte den Jungen, der an seinem Laptop saß, und sprang in ein paar Sprüngen auf seinen Schreibtisch. Sie hatte nicht einmal Zeit, ihn zu begrüßen, als seine Mutter ins Zimmer stürmte.

„Luka, hast du vielleicht ein Paket nach Pula geschickt?", fragte sie ihn.

„Nein! Vielleicht, warum?", log Luka unsicher.

„Weil eine Frau angerufen hat und sagte, dass das Paket angekommen ist, aber leer ist und sie nicht weiß, was wir senden wollten."

„Oh, das Paket!", rief Luka.

„Aha, und du weißt nichts darüber", sah sie ihn skeptisch an.

„Wenn du es zurückhaben möchtest, ruf sie an und sag ihr

Bescheid unter dieser Nummer. Ich habe keine Zeit, ich habe ein Treffen in der Gemeinde. Einige ausländische Investoren wollen den Maulbeerwald plattmachen und einige Hotelanlagen für Touristen bauen."

„Was, den Maulbeerwald plattmachen?", sprang Luka von seinem Stuhl auf, während Bibbi sich vor Angst noch mehr verkrampfte.

„Wie kann das sein? Warum gerade Maulbeerwald? Wo werden wir Kinder dann spielen? Werden wir keinen Park in der Nähe mehr haben?", Murmelte Luka verwirrt, in dem Wissen, dass der Tod der Maulbeere, der Göttin Natura, auch den Tod aller Bartolinen bedeutet.

„Ich weiß, vielen gefällt das nicht, aber wir können keine Grundlage finden, um den Wald zu retten. Deshalb wollen die Bürger sich in der Gemeinde versammeln, um zu sehen, was wir tun können. Aber ich muss jetzt gehen, ich bin schon spät dran. Ruf dort an und sieh, was die Frau will", antwortete ihm die Mutter.

Luka ließ sich in den Stuhl fallen und würde dort wahrscheinlich sitzen bleiben, wenn Bibbi nicht laut zu weinen begonnen hätte. Er schreckte aus seinen Gedanken und bemerkte sie erst jetzt.

„Bo ist noch nicht zurück, es gibt kein Lebenszeichen von ihm?", fragte er neugierig Bibbi.

Sie schüttelte nur verneinend den Kopf.

„Was wird aus uns? Ich darf meinen Eltern nicht einmal sagen, dass sie die Natura ausreißen und alles plattmachen wollen. Immer weinen und trauern sie, sobald ich vor ihren Augen verschwinde. Solange ich dort bin, tun sie so, als wären sie tapfer, als ob ich dumm bin und nichts verstehe. Und jetzt ist das noch ein größeres Unglück. Luka, hilf uns bitte!", bat die rothaarige Fee und sah ihn mit flehenden Augen an.

Luka schien aus einem Traum zu erwachen und begriff, dass er der Einzige war, der ein ganzes Volk retten konnte, und nicht nur ihr Volk, sondern damit auch sein eigenes, denn die Bartolini waren für die Natur ebenso wichtig wie Insekten und Vögel. Sie beschützen, pflegen und regenerieren sie. Der Junge sprang auf den Stuhl und begann, im Internet nach Wegen zu suchen, wie verschiedene Parks, Wälder und Bäume auf der ganzen Welt gerettet wurden.

„Hast du etwas in diesem Ding gefunden?", unterbrach ihn Bibbi ungeduldig.

„Während du hier Zeit verschwendest, fällt mindestens zwanzig Bäume pro Stunde unter dem Bulldozer. Beeil dich!", warnte sie ihn und machte ihm klar, dass sie nicht viel Zeit hatten.

„Obwohl der Maulbeerbaum genau in der Mitte des Waldes steht, werden sie nicht lange brauchen, wenn sie anfangen, die

Bäume von allen Seiten abzuholzen", sorgte sich Bibbi.

„Hier, ich glaube, ich habe etwas gefunden."

Bibbi näherte sich dem Bildschirm und starrte darauf. Das grelle Licht des Computers blendete sie, aber sie verstand nichts davon. Sie wusste nicht, wie man diese Zeichen der Stulten deutet. Luka sah sie an und deutete mit dem Zeigefinger auf einige schwarze Zeichen.

„Siehst du das hier, Bibbi? Das ist das schwarze Buch. Darin sind alle Tiere und Pflanzen aus dieser Gegend aufgelistet, die durch Unachtsamkeit und Nachlässigkeit der Menschen vom Antlitz der Erde verschwunden sind", sagte er traurig und klickte auf die beiden Worte „schwarzes Buch".

„Verschwunden?", fragte die Fee ihn.

„Ja, sie sind verschwunden, denn sie existieren nirgendwo mehr auf dem Planeten."

Das schwarze Buch öffnete sich, und darin waren viele Pflanzen, Vögel und Schmetterlinge, die es nicht mehr auf diesem Planeten gibt. Von ihnen blieben nur Bilder, die von ihrer vollkommenen Schönheit und Pracht zeugten. Bibbi liefen Ströme von Tränen über ihr Gesicht, und sie begann zu schluchzen, während Luka langsam durch die Seiten des schwarzen Buches blätterte.

„Das ist so schrecklich! Dieser Schmetterling mit bunten Flügeln wird nie wieder über die Wiesen fliegen! Dieser Vogel mit blauen Federn wird nie wieder ein Nest auf einem Baum bauen!"

Die Liste war lang, und je schöner das Exemplar war, desto stärker drang ein Schrei aus Bibbis Brust. Erst jetzt verstand sie wirklich den Sinn des Daseins aller Bartolini. Diese paar Bilder hinterließen einen stärkeren Eindruck in ihrer Seele als all die Lektionen in der Schule. Es ist ihre Aufgabe, die Natur zu bewahren und das Verschwinden dieser schönen Kreaturen, die die Natur erschaffen hat, zu verhindern.

Als sie das gesamte schwarze Buch durchgeblättert hatten, blieben sie beide noch eine Weile fassungslos und bitter enttäuscht zurück.

„Hier gibt es ein weiteres Buch, das heißt rotes Buch."

„Was ist das rote Buch, was steht darin?", fragte Bibbi panisch und mit der Angst, was sie dort entdecken würde. Gibt es etwas Schlimmeres als das Verschwinden bestimmter Arten von diesem Planeten?

Luka blätterte ein paar Sätze durch und sagte zu ihr: „Dort sind alle gefährdeten Arten aufgelistet, die ebenfalls von diesem Planeten verschwinden könnten, wenn die Menschen nicht besser auf die Natur aufpassen."

Er begann zu blättern und zu lesen: „Steppen-Paeonia,

Adonisröschen, Sonnentau, Edelweiss, Flunkerbart und der Apollofalter." Dann hielt er inne, fasziniert von der Schönheit dieses Schmetterlings.", dann hielt er inne, verzaubert von der Schönheit dieses Schmetterlings.

Auch dieses Buch war recht lang, und Bibbi verlor die Geduld und unterbrach ihn: „Gut, tun die Stults vielleicht etwas, damit diese Arten, die ihr noch nicht zerstört habt, am Leben bleiben?"

Obwohl die Frage direkt und überraschend kam, fühlte Luka gleichzeitig Scham und Bitterkeit darüber, dass die Menschheit für die rücksichtsloses Ausbeutung und Zerstörung der Natur verantwortlich ist.

Er murmelte, ganz rot im Gesicht: „Wenn ich richtig verstanden habe, dürfen Pflanzen und Tiere auf dieser Liste nicht zerstört werden, und dafür gibt es eine Strafe, da es gesetzlich verboten ist."

„Wenn es gesetzlich verboten ist, darf es nicht zerstört werden. Steht vielleicht der weiße Maulbeerbaum irgendwo in diesem roten Buch?", fragte Bibbi ihn.

Luka blätterte weiter und stieß auf eine Liste, auf der die Südliche Fichte, die weiße Seerose, die Schwarze Johannisbeere und ganz unten die schwarze und weiße Maulbeere standen.

„Bist du dir sicher, dass das so in den Stults-Büchern steht?

Steht da weißer Maulbeerbaum?"

„Ja, hier steht ganz klar schwarzer und weißer Maulbeerbaum."

„Dann ist das die Lösung! Geh schnell und verhindere, dass die Bulldozer den Wald weiter zerstören", sprach der Schatten am Fenster.

Sie drehten sich beide gleichzeitig überrascht um: „Bo! Bo, woher kommst du?", riefen sie beide und umringten ihn. Bibbi stürzte sich vor Freude auf ihn und wäre ihn fast zu Boden geworfen.

„Schon gut, du wirst mich erdrücken! Ich bin hier, mir fehlt nichts", sagte er zu seiner Schwester.

Gerade wollte sie ihn fragen, wo er die ganze Zeit gewesen war, aber er unterbrach sie.

„Das ist eine lange Geschichte, und ich habe jetzt keine Zeit dafür. Komm, beeil dich, wir müssen dringend in den Maulbeerwald," rief der Elf, schockiert über all die traurigen Bilder von den verschwundenen Pflanzen und Tieren.

„Aber er ist jetzt wieder hier und wird nicht zulassen, dass noch ein Lebewesen aus der Natur verschwindet. Kein Geschöpf, das die Natur erschaffen hat. Zumindest nicht in dem Gebiet, für das die Bartolini verantwortlich sind. Solange der letzte Bartolin auf diesem Planeten atmet, wird er alles tun, was in seiner Macht steht! Das ist eine viel wichtigere Aufgabe, als auf den blauen Meeren zu segeln", dachte er, während ihm das Blut der uralten Bartolini durch die Adern pulsierte.

Luka druckte schnell das Papier mit den Daten aus dem roten Buch aus, stürmte hinaus, setzte sich auf sein Fahrrad und verschwand in Richtung Wald.

Als er sich dem Maulbeerwald näherte, hörte man das Dröhnen der Maschinen immer lauter werden. Die gelben Bulldozer wühlten überall und schon von weitem konnte man sehen, wie jahrhundertealte Baumkronen wie leichte Zahnstocher fielen. Hinter den metallischen Raupen blieben bunte Spuren im kompakten Sand zurück.

„Warum bist du stehen geblieben? Ich sehe nichts", rief Bo aus Lukas Tasche.

Luka stellte einen Fuß auf den Sand und stieß sich mit dem anderen Fuß vom Pedal ab. Der Anblick, den er sah, gefiel ihm überhaupt nicht. Durch den lichten Wald konnte man einen jahrhundertealten Maulbeerbaum erkennen. So üppig und prächtig hob er sich von den anderen dünnen Bäumen der Brennnesseln und jungen Eichen ab. Der Junge erblickte aus der Ferne einen Vorarbeiter mit Helm auf dem Kopf und in einem Hemd. Er lief zu ihm hin und zog ihn am Ärmel.

„Was machst du hier, Junge? Das ist eine Baustelle und kein Spielplatz für Kinder. Hey, Nikola, habt ihr die Baustelle nicht abgesichert? Zieht sofort das Warnband aus!", rief er einem der Arbeiter zu.

Blass und verwirrt reichte der Junge ihm ein Stück Papier.

„Was ist das? Was soll ich mit diesem machen? Das ist nicht die Zeit für eine Biologiestunde, Kleiner", antwortete ihm der verwirrte Baustellenleiter.

„Da im Wald gibt es einen Maulbeerbaum, der steht unter Naturschutz. Ihr dürft ihn nicht fällen", murmelte Luka kaum hörbar.

Der Mann zog seine dicken Augenbrauen unter dem orangefarbenen Helm zusammen, denn jetzt verstand er endlich, was der Junge von ihm wollte.

Er kratzte sich am Hinterkopf: „Da kann ich dir nicht helfen. Ich mache nur das, was mir befohlen wird. Ich weiß, es tut dir leid, dass du nicht mehr spielen kannst, aber wenn du etwas ändern willst, musst du dich an die Ökologen in der Gemeinde wenden. Vielleicht können die dir eher helfen. Aber solange die nichts klären, befürchte ich, dass der ganze Wald verschwinden wird."

Bo hatte jedes Wort gehört, das dieser Mann mit Luka gewechselt hatte, und aus Angst, dass der ganze Wald gefällt wird, schlich er sich aus der Tasche und hüpfte sanft wie ein

Grashüpfer zu den Bulldozern. Dort öffnete er geschickt, so wie sie es in der Schule gelernt hatten, den Deckel und schüttete seine Tasche voller Sand in den Benzintank.

Es dauerte eine Weile, bis er dasselbe mit jedem Bulldozer wiederholte, dann kam er zurück zu Luka und schlüpfte wieder in seine Tasche. Beide starrten auf die Maschinen, aber sie summten weiterhin wie Bienen. Nichts konnte sie stoppen. In einem Moment begann einer der Bulldozer zu ruckeln, und aus dem gelben Rohr quoll dicker, schwarzer Rauch. Der Baustellenleiter drehte sich um und schaute verwundert, was geschah. Einer nach dem anderen hielten alle Bulldozer an, und der Chef rannte zu ihnen.

„Geh nach Hause, Junge, das ist kein Ort für Kinder! Nikola, was ist hier los?", rief er, während er zu seinem Vorarbeiter rannte.

„Ich weiß es nicht, Chef, es scheint, dass alle Maschinen kaputt sind, keine einzige funktioniert mehr", antwortete der Arbeiter und hielt den orangefarbenen Helm in der Hand, während er sich am Kopf kratzte.

„Juhuu! Wir haben es geschafft!", rief Luka vor Freude, und Bo spähte aus der Tasche.

„Freu dich nicht zu früh, das ist nur vorübergehend. Setz dich jetzt auf deine Maschine und geh zu den Ökologen in die Gemeinde."

Während Luka fuhr, fühlte sich Bo aufgeregt und nervös. Er konnte sich in der Tasche nicht beruhigen und schaute ständig nach draußen.

„Was ist ein Ökologe und was macht diese Gemeinde?", fragte er neugierig.

„Ein Ökologe? Warte, lass mich nachdenken. Das ist jemand, der dafür sorgt, dass alles in der Natur in Ordnung ist. Dass nichts unnötig zerstört oder verschmutzt wird. Dass Tiere und Pflanzen nicht zerstört werden, sondern wenn möglich geschützt werden. Ich denke, das ist das Wesentliche, zumindest so viel, wie ich in der Schule mitbekommen habe", antwortete der Junge, während er mit seinem Fahrrad strampelte.

„Hmm!", blieb Bo erstaunt.

„Dieser Ökologe ist so ähnlich wie sie, die Bartolini, dass er ihm irgendwie schon jetzt gefiel, obwohl er ihn noch nie gesehen hatte. Er tut genau das, was alle Bartolini seit ihrer Geburt tun. Wer weiß, vielleicht ist er sogar einer von ihnen? Wenn er ihnen nicht hilft, kann ihnen niemand mehr helfen", dachte Bo.

Als Luka vor das riesige Gebäude des Rathauses kam, warf er sein Fahrrad auf den Boden und rannte die alten, abgetretenen Steinstufen hinauf. Bo war immer aufgeregter, neugierig, was als Nächstes passieren würde, und spähte aus Lukas Tasche heraus. Die Schönheit des roten Schlosses hatte ihn vollkommen verzaubert. Er hatte noch nie in seinem Leben etwas Schöneres gesehen. Kein Haus in Bartolinia konnte mit der Pracht und Schönheit dieses Palastes verglichen werden. Von innen waren die Wände, Decken und Türen mit ineinander verschlungenen Blättern und Blumen bemalt. Er war sich sicher, dass dies der Palast des Königs von Bartolinia war, denn was könnte sonst so mit Blumen geschmückt sein? Es schien, als würden die Blumen jeden Moment zum Leben erwachen und weiter an den Wänden emporranken. Wenn er irgendwo Hilfe bekommen würde, dann hier. In diesem Palast mit den verschlungenen Gängen und den eisernen Geländern in Form großer Blätter. Luka klopfte an eine Tür und fragte jemanden drinnen, wo er den Ökologen finden könne. Eine ältere Frau wies ihn an die Spitze des Turms und sagte ihm, er solle einfach die Treppe hochgehen, die würde ihn direkt zu ihm führen. Der Junge schaute nach oben zur Treppe, die sich immer weiter in den Himmel wand. Der schwarze Handlauf der Treppe wendete sich spiralförmig, sodass es ihm schien, als müsste er auf einen riesigen, eisernen Schnecke steigen. Er stützte sich mit den Händen auf das alte, schmiedeeiserne Geländer und eilte so schnell er konnte die Treppe hinauf.

Er war fast außer Atem, als er zu einer blauen Tür mit Handmalerei gelangte. Und selbst wenn er gewollt hätte, konnte er weder links noch rechts, sondern nur geradeaus durch diese einzige Tür gehen. Er klopfte leise und trat ein, ohne auf eine Antwort zu warten. Der Raum war halb dunkel, voller Regale mit Büchern und Plänen, die über die Tische verstreut waren. Durch ein kleines Fenster mit schmutzigem Glas fiel ein Sonnenstrahl herein. Luka sah niemanden, also trat er näher an den Schreibtisch. Unter seinen Füßen knarrte der alte Holzboden, und in einem Stuhl richtete sich ein älterer Mann auf, mit langen, lockigen, grauen Haaren und einer Brille auf der Nase. Besser gesagt, etwas, das einer Brille ähnlich war. Denn sie hatte beide Gläser und einen kleinen Bügel um die Nase, aber sie hatte nicht das Teil, das sich hinter die Ohren biegt.

Der Mann schaute Luka verwundert an und fragte: „Was gibt's, Junge, hast du dich verlaufen?"
Luka, noch außer Atem, antwortete: „Nein, ich suche den Ökologen. Sind Sie vielleicht der Ökologe?"
Der Mann schaute ihn erstaunt an und legte seinen karierten Ärmel über die Armlehne des Stuhls.
„Ich bin es! Was brauchst du von einem Ökologen?", war er noch erstaunter.
„Sie sind meine letzte Hoffnung! Nur Sie können mir helfen

und niemand sonst. Es gibt große Probleme!", sprach der Junge in einem rasenden Tempo.

Der Ökologe wollte ihn gerade etwas fragen, als der Junge weitersprach: „Die Bulldozer fällen den Maulbeerwald, und das dürfen wir nicht zulassen. In ihm gibt es einen Maulbeerbaum, der alles auf der Welt ... alles auf der Welt ... für die Bartolini bedeutet."

Er spürte, wie Bo aus Frust in seiner Tasche sprang, weil er einem völlig fremden Stulten ihr Dasein offenbart hatte, und gab ihm einen schmerzhaften Tritt in die Brust. Luka stöhnte vor Schmerz und krümmte sich.

„Na gut, und ich war auch nicht gleichgültig, als ich von diesem Bauprojekt hörte, aber nimmst du das nicht ein bisschen zu persönlich?"

„Hier, auf dieser Liste, die ich im Internet gefunden habe, steht deutlich, dass die weiße Maulbeere eine geschützte Art ist. Und dieser Maulbeerbaum ist heilig für die Elfen, ohne ihn wird es sie nicht mehr geben. Er gibt ihnen Leben und Kraft, ohne ihn sind sie nichts. Bitte helfen Sie mir!", sagte Luka und faltete flehentlich die Hände.

Der Ökologe seufzte: „Es tut mir leid, dass sie diesen schönen Wald abholzen. Er ist die Seele dieser Stadt, ihre Lungen und ihr Herz. Aber bist du nicht schon ein bisschen zu groß, um an Märchen zu glauben? Es ist schön von dir, dass du dich für die Natur einsetzt; es scheint, als hätte dein Biologielehrer in der Schule seinen Job gut gemacht, wenn er dein Interesse an der Natur so geweckt hat."

„Sie verstehen nicht! Dort leben wirklich Elfen, und ihr Überleben hängt davon ab. Sie sind meine Freunde, und ich kann nicht zulassen, dass ihnen etwas passiert!", rief der Junge wütend.

Der Ökologe seufzte und dachte, dass der Junge Unsinn redete. Entweder fehlte dem Jungen etwas oder er las zu viel Science-Fiction. Gerade wollte er ihn nach Hause schicken, als aus der Tasche des Jungen etwas Flauschiges und Rotes hervorblitzte. Der Mann schob seine Brille höher auf die Nase, konnte aber das kleine Ding nicht gut erkennen.

In drei Sprüngen landete der Elf auf dem Tisch des Gemeindekologen. Dieser zuckte vor Schreck zusammen und klebte an der Armlehne seines Stuhls. Mit seiner gebräunten Hand nahm er die Brille von der Nase und hielt sie direkt vor sein Auge. Er schaute zu Luka und wollte ihn fragen, ob das eine Marionette aus dem Schultheater sei, denn so etwas hatte er noch nie in seinem Leben gesehen.

„Ich bin Bo! Bo Bartoli! Ich habe gehört, dass Sie ein edler und mutiger Mann sind. Dass Sie ein Mann von Ehre sind! Dass Sie so sind wie wir Bartolini. Angeblich kämpfen Sie auch für all das, was die Natur geschaffen hat.

Wenn das alles wahr ist, dann sind Sie auf unserer Seite und wir sollten uns in unserem gemeinsamen Kampf zusammenschließen. Nur so können wir die Zerstörer besiegen", sprach Bo das aus, was ihm auf dem Herzen lag.

„Ich, ich, ich ...!", wiederholte der ältere Mann, während sein Kinn bis zur Brust hing.

Er konnte seine Augen nicht von dem kleinen Elf abwenden, denn er war von ihm verzaubert.

„Du existierst!", rief der Ökologe freudig und schlug mit der Faust auf den Tisch.

„Pff, seltsame Wunder! Natürlich existiere ich. Wenn ich nicht existieren würde, stünde ich jetzt nicht hier vor Ihnen und hätte mein ganzes Volk in Gefahr gebracht, dass Sie es vernichten!" rief Bo ihn wütend an, da er sah, dass dieser nichts verstand und seinen eigenen Augen nicht traute.

„Volk, ein ganzes Volk! Wie viele von euch gibt es? Ha, ha. Ha, ha!", begann er, in Silben verrückt zu lachen.

„Ich erlebe so etwas! Das ist fantastisch! Meine Großmutter hat mir Geschichten über die Bartolini erzählt. Und ich dachte, das sei nur ein gewöhnliches Märchen wie jedes andere. Ich hätte im Traum nicht ahnen können, dass es wahr ist!", sagte er und griff sich aus Freude in die Haare.

„Ja, es ist fantastisch! Alle Bartolini sind fantastisch, aber wenn wir so weiterreden bis zum Herbst, wird es uns fantastischerweise nicht mehr geben! Stehen Sie auf und tun Sie etwas, bevor es zu spät ist. Die Maschinen stehen kurz davor, den weißen Maulbeerbaum umzustürzen.", sagte er und reichte ihm das rote Blatt.

Der Ökologe warf einen Blick auf das Blatt und erkannte nun die Ernsthaftigkeit der Situation.

„Ich werde versuchen, alles zu unternehmen, was in meiner Macht steht, und ihr geht zurück zur Baustelle und improvisiert. Kommt zurecht, bis ich mit der Genehmigung des Bürgermeisters dort bin. Überlegt euch etwas!", sagte er und rannte mit der Liste die Treppe hinunter.

„Improvisiert, improvisiert! Das ist leicht gesagt, aber was können wir unternehmen, wenn die Maschinen repariert werden?", rief Luka in seiner Zerrissenheit.

Bo rieb sich mit der Hand das Kinn und seine roten Locken zitterten auf seinem Kopf.

„Komm, beeil dich, fahr uns zurück, wir dürfen keine Zeit verlieren!", drängte Bo seinen Freund.

Die roten und gelben Katzenaugen wirbelten zwischen den Speichen des Rades und verschwanden in einem Augenblick in Richtung Wald.

Der Teil des Waldes, der bis vor kurzem unübersichtlich und mit dichtem Gestrüpp bewachsen war, sah jetzt aus wie ein sandiges Feld, aus dem Wurzeln und Äste hervorlugten und unzählige Spuren von den Raupen der Bulldozer sichtbar waren.

Bo nahm seinen Beutel aus geflochtenem Blatt von der Hüfte und flüsterte Luka zu: „Versuche, ihre Aufmerksamkeit zu erregen, und ich werde sie mit dem Nachtkerzenstaub besprühen. Danach werden sie mindestens einen ganzen Tag lang nicht aufwachen."

Luka stellte ein Bein auf das Pedal und begann, auf seinem Fahrrad Akrobatik zu machen. Der Bulldozer hupte, aber der Junge wich nicht aus, sondern fuhr weiterhin im Kreis über das Feld, um ihre Aufmerksamkeit zu erregen. Die Arbeiter drehten sich alle zu ihm um, und der Chef winkte ihm mit einem Haufen von Bauplänen unter dem Arm, sich zur Seite zu stellen.

„Nikola! Geh und schau, dass du diesen Bengel von hier wegbekommst, das ist kein Spielplatz. Schick ihn sofort weg!", zeigte er mit der Hand auf den Vorarbeiter und kratzte sich unter dem Helm.

Während die Arbeiter standen und sich wunderten, was dort vor sich ging, sprang Bo wie ein kleiner Grashüpfer von einem zum anderen und streute jedem über dem Kopf seinen

Nachtkerzenstaub.

Vor seinem inneren Auge erschien ihm das Bild seines Vaters Ben, der ihm ins Gesicht sprach und erklärte: „Bo, Nachtkerze ist ein sehr wirksames Mittel. In den richtigen Händen ist es ein Wunder, in den ungeschulten Händen ist es eine Katastrophe! Halte dich von ihm fern, denn es wird nur in besonderen Situationen verwendet!"

„Aber das hier ist eine besondere Situation. Wenn das nicht so ist, weiß ich nicht, was sonst ist!", dachte der Elf bei sich.

Der Vorarbeiter rannte mit seinen schmutzigen Stiefeln über die Wiese, während Luka anfing, im Zickzack zu fahren, damit dieser ihn nicht erwischte. Schließlich gelang es ihm doch, ihn am Ende seiner Kleidung zu packen und ihn vom Fahrrad zu ziehen. Der Bauleiter stand in der Ferne und beobachtete, wie sich sein Vorarbeiter und der Junge stritten. Er drehte sich zufällig um und sah, dass alle seine Arbeiter anfingen zu dösen, wo sie gerade standen. Besorgt rannte er mit ausgebreiteten Armen los.

„Was ist los, Faulenzer? Habt ihr etwa schon eingeschlafen? Hebt eure Hintern hoch und zurück an die Arbeit!"

Doch die Arbeiter lagen weiterhin ohne jegliche Reaktion. Einer war sogar am Steuer des Bulldozers eingeschlafen.

„Nikola, hierher!", rief er hysterisch seinen Assistenten.

Nikola sah ihn an, ließ Lukas Kragen los und rannte zu den

Arbeitern.

„Was ist los, Chef, was ist passiert?"

„Ich weiß nicht, als ob ein Blitz in sie eingeschlagen hätte.
Alle liegen wie tot. Sie bewegen sich nicht. Ich denke, wir
müssen den Notdienst rufen. Und das genau jetzt, wo ich mit
den Fristen unter Druck stehe. Egal was passiert, die Arbeiten
müssen fortgesetzt werden, auch wenn wir nur zu zweit sind",
murmelte der Chef.

„Wie zu zweit? Ohne ihre Hilfe werden wir nicht einmal in
einem Monat fertig", klagte der Arbeiter.

Luka entfernte sich vom Wald und schaute aus dem Versteck
eines Strauches, während Bo zufrieden auf seinen Schultern
saß.

„Ha! Jetzt können sie versuchen zu arbeiten, wenn sie
können", rief der Elf und schüttelte seine roten Locken.

In diesem Moment erinnerte er sich an seinen Vater und
dessen Worte: „Hier kommen wir Bartolini, um das zu
reinigen, was sie verschmutzt haben, um das zu reparieren,
was sie zerstört haben, um Pflanzen zu kreuzen und die
letzten Exemplare von Tieren zu retten. Das ist unsere Pflicht!
Das ist im Blut jedes Bartolini!"

Bo spürte, dass er zum ersten Mal in seinem Leben etwas tat,
das tiefen Sinn hatte, mit dem, was ihm von seinem ersten

Tag an beigebracht worden war. Zum ersten Mal fühlte er sich erfüllt und mit sich selbst zufrieden. Obwohl er wusste, dass ihn zu Hause eine große Zurechtweisung von Beno erwartete, war er sich sicher, dass das, was er tat, richtig war. In diesem Moment verspürte er erneut einen Schmerz im Rücken, als ob ihn zwei Pfeile in die Schultern getroffen hätten. Er rieb sich flüchtig an der Stelle, wo er den Schmerz spürte, und beobachtete weiter, was geschah. Sie hatten die Arbeiter noch nicht weggebracht, die sich kaum auf den Beinen halten konnten, mehr schläfrig als wach, als sie den großen Vorarbeiter sahen, der sich streitend auf den Bulldozer schwang. Der Chef winkte ihm zu und zeigte in den Wald, während dieser sich beschwerte, warum gerade er arbeiten müsse, anstatt nach Hause zu gehen, und schlug mit der Hand heftig auf das Lenkrad. Bo beobachtete besorgt und wartete. Der Vollmond schien bereits über dem Wald, obwohl es noch Tag war, und es schien, als würde das Laub der Bäume glänzen und funkeln. Der Vorarbeiter, genervt, weil er etwas tun musste, was nicht seine Aufgabe war, erinnerte sich daran, dass der Junge den Maulbeerbaum erwähnt hatte, und trat wütend aufs Gas, woraufhin der Bulldozer stöhnte. Bo sah, wie das Laub am Maulbeerbaum zitterte, und fühlte, wie ihm die Hände und Füße kribbelten.

Der Bulldozer hatte die Wurzeln des Maulbeerbaums unter der Erde erwischt, die sich wie ein Regenschirm weit von seiner Krone ausbreiteten, aus der die umliegenden Pflanzen Kraft und Lebensfreude schöpften. Bo fühlte in sich den Schmerz, den die Natura erduldete, spürte ihre Verwundbarkeit und das Leben, das im verletzten Wurzelwerk verschwand. Im Gegensatz zu dem Stulten konnte er einen Blitz sehen, der sich von Ast zu Ast wie ein Blitz ausbreitete und sich wie eine Flut zur Spitze der Krone hinaufbewegte. Er breitete seine Arme aus und streckte seine knochigen Brust zu ihr. Der Wind strömte und zitterte durch das Laub und sein Haar. So sehr er sich auch bemühte, ihren Schmerz auf sich zu nehmen, kehrte er in den Baum zurück und rollte durch die Krone. Seine Stirn glänzte im Mondlicht und kleine Sterne tanzten darauf. Alle Vögel, die Nester im Maulbeerbaum gebaut hatten, flogen kreischend auf. Der Bulldozer kam mit jedem Meter näher und näher an den erhitzten Stamm der Natura heran. In der Ferne sah der Elf den Ökologen, der mit schnellen Schritten zum Bauleiter kam. Beide begannen zu schreien und mit den Händen zu winken. Einer übertönte den anderen. Wegen der Distanz und des Lärms des Bulldozers konnte Bo nichts erkennen. Schließlich gab der Bauleiter nach, als er ein Papier las, das ihm der Ökologe unter die Nase hielt. Er winkte seinem Vorarbeiter mit der Hand und befahl ihm anzuhalten, doch dieser war von Wut und Trotz ergriffen, weil nur er arbeiten musste, und trat noch heftiger auf das Pedal. Im gleichen Moment sprangen Elfen aus jedem Baum und Strauch heraus. Es schien, als würde eine Heerschar von Heuschrecken die Wiese bedecken. Alle zusammen stellten sich vor die Maschinen, um sie irgendwie daran zu hindern, ihre Welt zu zerstören. Nikola hielt einen Moment inne, dachte, er habe eine Plage von Käfern vor sich, und wurde noch wütender, als er mit mehr Kraft auf den Maulbeerbaum zusteuerte. Der Bulldozer griff nach den Wurzeln der Natur, und der Baum zitterte vor Schmerz. Durch den Stamm und die Äste strömte immer stärkere und stärkere Licht, und eine Menge Blätter fielen von den Ästen. Der Elf konnte diesen Anblick nicht mehr ertragen und sprang in ein paar Sprüngen auf den Bulldozer. Er drehte einen kleinen Stein, der an einer Schnur befestigt war, und warf ihn auf den wütenden Stulta. Der Vorarbeiter bremste plötzlich und hielt sich das Auge. Bo nutzte die Gelegenheit und streute den Nachtkerzenstaub über sein Gesicht. Es dauerte nicht lange, und Nikola fiel mit dem Kopf auf das Lenkrad und blieb schnarchend liegen. „Niemand darf die Natura berühren! Sie ist unsere Göttin, die Quelle unseres Lebens. Jeder, der sie berühren will, muss zuerst an mir vorbei!", rief der aufgeregte Elf mit erhobener Hand in die Höhe.

„Und an mir vorbei!", rief eine Stimme.

„Und an mir vorbei!", rief eine andere, gefolgt von Tausenden von Stimmen.

Bo stand hoch über ihnen mit gespreizten Beinen und klarem Blick.Das Licht in der Natur begann zu flackern wie die Lichter an einem Weihnachtsbaum und verstummte plötzlich. Alle schwiegen und richteten besorgte Blicke auf ihre Königin. Aus der Baumkrone war kein kleinster Laut zu hören, nicht einmal das Rascheln eines Blattes. Alle Bartolini starrten mit offenem Mund in Erwartung.

„Was wird jetzt passieren? Ist Natura in Ordnung? Hat sie überlebt?", fragten sich alle, doch niemand hatte darauf eine Antwort.

Eine seltsame, unnatürliche Stille breitete sich im Wald aus. Nirgendwo raschelte ein Blatt, kein Vogel sang, der Wind rauschte nicht. Alle Augen waren auf die riesige Maulbeere gerichtet, und ihre Gesichter spiegelten Entsetzen und unbeschreibliche Angst wider. Als alle am wenigsten damit rechneten, blitzte aus dem Herzen der Baumkrone ein Blitz und traf Bo direkt ins Herz. Um ihn herum bildete sich ein dichter Nebel, auf dessen Hülle tausende kleiner Sterne flimmerten, sodass niemand sehen konnte, was mit ihm geschah. Beno und Belda schauten erschrocken und hielten sich die Hände, ohne zu wissen, was mit ihrem Sohn geschehen war. Bibbi riss sich von Bellas Hand los und rannte zu ihrem Bruder. Aber auch sie konnte nichts durch die undurchsichtige Wolke sehen, die ihn umgab. Es schien eine Ewigkeit zu dauern, bis sich die Wolke langsam zu lichten begann.

„Bo?", rief seine Schwester, die am nächsten zu ihm stand. Bo kniete mit gesenktem Kopf und Körper auf einem Knie. Über seinen schlanken, muskulösen Körper fielen rote Haarsträhnen, und etwas Großes ragte aus seinem Rücken hervor.

„Was ist nur mit ihm passiert?", fragten sich alle, aber niemand wagte es, ihm näher zu kommen.

Biggi summte über seiner Schulter, und der kleine Elf hob seinen Kopf. Er stand langsam auf und breitete plötzlich seine großen Flügel aus. Ein lauter Ruf des Staunens erhob sich. Wie schön und majestätisch er war! Bella schrie und hielt sich die Hand vor den Mund.

„Beno! Schau, da ist Bo, unser Sohn!", zog sie aufgeregt an der Hand ihres Mannes.

Beno konnte seinen Blick nicht von ihm abwenden. Er konnte immer noch nicht glauben, was er vor sich sah.

Das war sein Sohn, der unruhige Elf, den niemand zähmen konnte und der sich nicht im Geringsten um die Natur gekümmert hatte. Jetzt war er ihr Anführer!

Der Anführer aller Bartolini und ganz Bartolinien. Sein Sohn, sein Stolz und seine Freude. Beno wischte heimlich eine Träne ab, die sich an seinem grünen Frack verbergen wollte, und flug zusammen mit Bella auf ihren Sohn zu. Sie umringten ihn, umarmten und küssten ihn vor Freude, dass er lebend und gesund vom Meer zurückgekehrt war und ihre edle Königin gerettet hatte. Und nicht nur sie, Bo hatte ganz Bartolinen gerettet! Aber sich ihm richtig zu nähern, war schwierig, da ihn seine Flügel daran hinderten, ihn richtig festzuhalten.

„Wir haben es geschafft, super!", hörten sie eine Stimme über sich und hoben ihre Köpfe.

Luka und der Ökologe standen über ihnen, auf ihre Knie gestützt, mit einem großen Lächeln im Gesicht.

„Oh nein, noch ein Stult", murmelte Beno, aber die Stimme von Natura unterbrach ihn.

„Es sind mehrere hundert Jahre vergangen, seit man sich in Bartolinen wirklich um die Natur gekümmert hat. Möge dies eine Lehre für euer ganzes Leben und für alle zukünftigen Generationen sein. Ihr habt die Menschen gemieden und sie verachtet. Ihr habt die schlimmsten Geschichten über sie erzählt. Genauso haben auch die Menschen...", sagte sie, sich an Luka und den Ökologen wendend, „alles zerstört, was zerstört werden konnte, und nur an ihren eigenen Nutzen gedacht, ohne auf andere Lebewesen und die Folgen zu achten, die euch erwarten. Zerstörte Natur ist wie ein Bumerang, der euch an euren eigenen Kopf zurückkehrt. Denkt gut darüber nach für die Zukunft, bevor es zu spät ist. Denn diese Welt ist nicht mehr so, wie ich sie euch geschenkt habe, als ihr entstanden seid. Die Flüsse sind nicht mehr so klar und kühl, die Luft ist nicht mehr so frisch und rein, und die Meere sind fast leer, in ihnen schwimmt Müll anstelle von Fischen. Dieser kleine Elf hat euch gezeigt, dass Mut und Tapferkeit keine Grenzen kennen! Wie wertvoll es ist, für seine Träume zu kämpfen und dass es nie zu spät ist, etwas zu unternehmen, das euer Leben und das anderer verbessert. Handelt in Zukunft weise und denkt nach, bevor ihr etwas tut."

Bo steht umgeben von seiner Familie. Er wirkte fast erwachsen und irgendwie reifer. Alle winkten ihm zu und jubelten ihm zu.

„Es lebe Bo! Es lebe Bo Bartoli, unser Anführer!"

„Bo, hast du endlich deine Schulbücher gefunden?", fragte Bella.

„Ja, Mama. Die Bohnen haben mir alles zurückgegeben, und ich habe ihnen ihre Schwester zurückgebracht."

„Dann los, die Wissenschaft wartet auf dich, du hast viel nachzuholen. Beeil dich, dass du nicht zu spät kommst!",

verabschiedete sie ihn an der Tür.

Dort läutete der Postbote Bera mit dem Maiglöckchen an der Tür. In seiner Hand hielt er ein kleines Päckchen, in grüne Blätter eingewickelt, ein Baby. Jemand hatte wieder ein Baby aus dem Katalog bestellt.

„Ha, hast du wieder die Zettelchen vertauscht, Bero?", fragte der Elf spöttisch.

Der Postbote schaute auf Bella, und sie lächelte glücklich, breitete beide Arme aus und nahm das Baby in ihre Arme: „Oh nein! Diesmal wurde das Päckchen nach der Bestellung aus dem Buch an die richtige Adresse geliefert. Beno, komm und sieh, wer uns angekommen ist!", rief Bella ihren Mann, um ihren neugeborenen Sohn zu begrüßen.

Beno streckte seinen Kopf durch die Tür, und auf dem Kopf trug er sogar seinen grünen Zylinder, geschmückt mit einer riesigen, runden Uhr. Diese Uhr war ein Geschenk von Natura für besondere Verdienste. Schließlich hat nicht jeder es geschafft, einen Sohn großzuziehen, der Bartolinen und die Königin der ganzen Welt gerettet hat. Er freute sich von Herzen über seinen neugeborenen Sohn und nahm ihn in seine Arme.

„Hast du auf die Bestellung deiner Mama aus dem Buch eingewilligt?", lächelte ihm sein Sohn zu.

„Natürlich! Es scheint, dass ich mehr Erfolg bei der Auswahl von Kindern habe als bei den Kürbisarten. Lass ihn kommen. Wo zwei ungezogene Elfen sind, ist auch Platz für einen dritten", antwortete ihm der Vater, ohne seinen Blick von dem schlafenden Baby abzuwenden. Bo zuckte nur mit den Schultern und verschwand hinter dem Gestrüpp. Auf dem Weg zur Schule traf Bo die gleichen drei Freunde, mit denen er bereits unzählige Dummheiten angestellt hatte.

„Bo, du gehst doch nicht schon wieder in die Schule? Ist es nicht besser, sich mit uns zu treffen? Heute haben wir ein Wettrennen mit den Mäusen", forderten die Halunken ihn heraus.

Bo ging weiter und warf ihnen nur zu, ohne den Kopf zu drehen: „Oh nein, das ist schon in Ordnung. Mama und Papa haben mich bestraft, ich darf mich nirgends hinbewegen", antwortete der Elf.

„Wie lange wird dieses Verbot dauern?", fragte einer neugierig und wollte wissen, wann sie wieder auf ihn zählen könnten. Neben Bo wurden sie auch wichtig. Und warum nicht, schließlich war Bo der lebende Beweis dafür, dass man Anführer werden kann, ohne täglich an der Schulbank zu sitzen.

Bo erinnerte sich an den Ausdruck im Gesicht seiner Eltern und lächelte: „Wenn es nach ihnen geht, bis zum Ende meines

Lebens."

Er hatte noch nicht einmal die Schule betreten, als sich eine Gruppe Elfen um ihn versammelte und ihn auf die Schulter klopfte. Jeder wollte ihn berühren, auch wenn es nur für eine Sekunde war. Jemand zog ihn sogar an den Flügeln. Schließlich trifft man nicht jeden Tag einen Elf, dem Flügel gewachsen sind. Das hatten sie nur aus Geschichten gehört. So etwas ist einzigartig und unvergesslich. Jeder von ihnen wollte die Ehre haben, neben Bo, ihrem Anführer, dem Retter der Elfen und der Göttin Natura, zu stehen. Lehrerin Belda bat ihn, allen von seinen Abenteuern am Meer und wie das Haus eines Stults aussieht, zu erzählen. Alle hörten ihm mit großer Aufmerksamkeit zu und waren begeistert von der Welt und dem Leben, das sie selbst nie gesehen hatten. Während er voller Begeisterung von seinen Abenteuern am Meer und seiner Freundschaft mit dem Stult erzählte, starrten sie ihn mit offenem Mund an. Man konnte sogar das Atmen der Hummeln von der Wand hören, so still war es.

Kurz vor dem Ende der Stunde unterbrach ihn Lehrerin Belda: „Gut, Bo, das alles ist schön und wundervoll, aber du bist mir noch einen Antwort auf mindestens vier Lektionen schuldig."

Bo erstarrte, fühlte sich irgendwie ertappt. Musste er nach all dem jetzt auch noch antworten, und er hatte sich darauf nicht einmal vorbereitet. Während Belda die Landkarte vorbereitete, um sie an die Wand zu hängen, sprang Bo blitzschnell über ein paar Bänke und fiel der Hummel auf den Rücken.

„Komm, Bumi, flieg! Flieg schnell hier weg!"

Der Käfer drehte seinen Kopf zu ihm: „Wohin, Elf?"

„Flieg einfach dorthin, wo dich deine Flügel tragen! Am besten zu Luka!", befahl ihm Bo.

Die Elfen sprangen von ihren Bänken auf und winkten ihm zu, während die Lehrerin ihn wütend rief. Der Käfer, dessen Gliedmaßen und Flügel etwas rostig waren, schwebte unsicher in die Höhe und machte Luftakrobatik.

„Ahhh! Wir werden uns zerschlagen! Warum fliegst du nicht alleine, wenn du deine eigenen Flügel hast? Ich habe davon geträumt, in den Ruhestand zu gehen. Wohin, Bo? Wohin? Ahhh, zieh mich nicht so fest!", rief der Käfer, während er über Wiesen und Blumenbeete flog und mit den Köpfen der Margeriten zusammenstieß. Bo drückte sich an ihn wie an ein Pferd und presste seine Knie gegen ihn, um ihn zu lenken. Er führte ihn direkt in denselben Hof des Stult, wo er die schönste Zeit seines Lebens verbracht hatte und wo ihn noch neue Erlebnisse und Abenteuer erwarten. Die Abenteuer eines Bartolini aus der endlosen Sandsteppe.

Ende

Über die Autorin

Susanna D. Stark wurde 1967 im ehemaligen Jugoslawien geboren. Schon früh interessierte sie sich für Schreiben und Literatur. In ihrer Jugend schrieb sie hauptsächlich Gedichte und begann 2014 schließlich damit, Geschichten für Kinder zu schreiben. Die Themen, die sie in ihren Geschichten behandelt, sind sehr vielfältig, voller Fantasie und ungewöhnlicher Charaktere. Das Hauptthema in den meisten ihrer Arbeiten ist der Schutz der Natur und insbesondere gefährdeter Arten.

Bis heute hat sie mehrere Kinderbücher in verschiedenen Sprachen veröffentlicht:

1. Die Theiß-Blume

2. Hatchi, das Sockenmonster

3. Electric Friends - eine ungewöhnliche Freundschaft

4. Peter geht ins Dorf – Teil 1

5. Peter der Erstklässler – Teil 2

6. Bartolini

7. Anka Vogelnest

8. Galapogos ist weit entfernt

9. Der Adventskalender

10. Baba Yaga – Die absichtsvollen Reisenden – Teil 1

Milton Keynes UK
Ingram Content Group UK Ltd.
UKHW020006231024
449917UK00010B/538